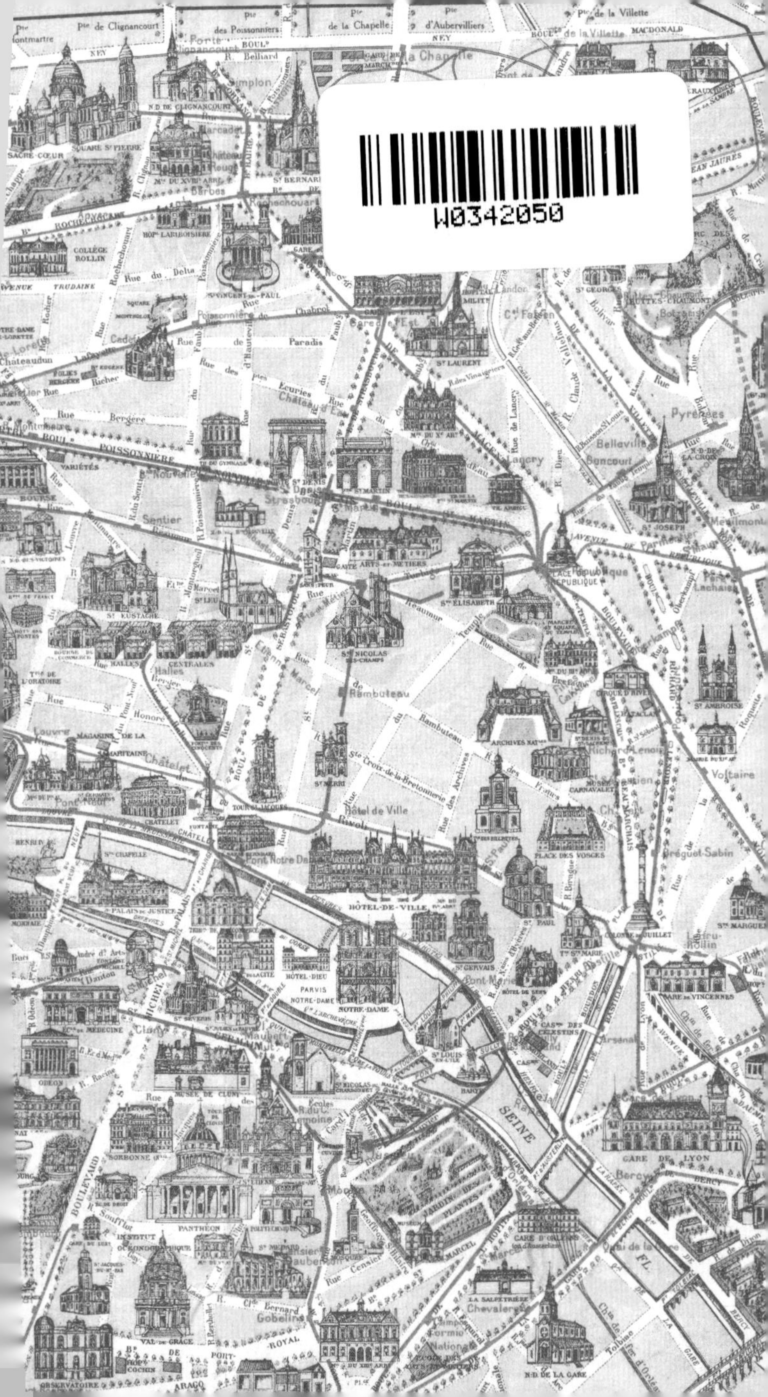
Pte de Clignancourt
Pte des Poissonniers
Pte de la Chapelle
Pte d'Aubervilliers
Pte de la Villette
BOULd de la Villette
MACDONALD
NEY
R. Belhard
La Chapelle
SACRE-CŒUR
SQUARE St PIERRE
N.D. DE CLIGNANCOURT
St BERNARD
HOPl LARIBOISIERE
ROCHECHOUART
COLLÈGE ROLLIN
TRUDAINE
Rue du Delta
St VINCENT-DE-PAUL
Chabrol
Paradis
Châteaudun
Lafayette
FOLIES BERGÈRE
Richer
Bergère
Rue des Petites Ecuries
BOUL. POISSONNIÈRE
VARIÉTÉS
BOURSE
Sentier
St DENIS
St MARTIN
St LAURENT
Mie DU Xe ARRt
Rue de Lancry
Belleville
St JOSEPH
N.D. DE LA CROIX
Pyrénées
ARTS-ET-MÉTIERS
St EUSTACHE
St LEU
HALLES CENTRALES
St NICOLAS DES CHAMPS
St ELISABETH
Réaumur
Rambuteau
ARCHIVES NATles
PLACE RÉPUBLIQUE
St AMBROISE
Voltaire
Honoré
Louvre
MAGASINS DE LA SAMARITAINE
Châtelet
TOUR St JACQUES
St MERRI
Ste Croix de la Bretonnerie
Rue des Archives
Hôtel de Ville
Rivoli
HÔTEL-DE-VILLE
MUSÉE CARNAVALET
PLACE DES VOSGES
Bréguet-Sabin
St PAUL
COLONNE DE JUILLET
GARE DE VINCENNES
Ste CHAPELLE
PALAIS DE JUSTICE
MONNAIE
HOTEL DIEU
PARVIS NOTRE-DAME
NOTRE-DAME
St LOUIS
St GERVAIS
Pont Marie
CASnes DES CELESTINS
L'Arsenal
SEINE
Ecc DE MEDECINE
ODEON
MUSÉE DE CLUNY
SORBONNE
PANTHÉON
St ETIENNE
POLYTECHNIQUE
JARDIN DES PLANTES
GARE D'ORLÉANS
GARE DE LYON
Bercy
BERCY
Gobelins
VAL-DE-GRACE
OBSERVATOIRE
ARAGO
PORT-ROYAL
LA SALPÉTRIÈRE
Chevaleret
N.D. DE LA GARE
BOULEVARD
Rue Censier
St MÉDARD

Maigret

Der 14. Fall

Georges Simenon

Maigret bei den Flamen

Roman

Aus dem Französischen von Hansjürgen Wille, Barbara Klau und Bärbel Brands

Kampa

Die französische Originalausgabe erschien 1932 unter dem Titel
Chez les Flamands im Verlag Fayard, Paris.
Die deutsche Erstausgabe erschien 1964 im Verlag
Kiepenheuer & Witsch, Köln.
Die Übersetzung wurde für die vorliegende Ausgabe
von Bärbel Brands grundlegend überarbeitet.

www.kampaverlag.ch
Covergestaltung: Herr K | Jan Kermes, Leipzig
Coverabbildung: © Pierre Jahan / Roger-Viollet
Frankreichkarte: © Peter Horree / Alamy Stock Photo
Satz: Tristan Walkhoefer, Leipzig
Gesetzt aus der Stempel Garamond LT
Druck und Bindung: CPI books GmbH, Leck
Auch als E-Book und als Hörbuch bei DAV
ISBN 978 3 311 13014 7

I

Anna Peeters

Gleich als Maigret in Givet aus dem Zug stieg, erblickte er Anna Peeters.

Sie stand an der Tür des Abteils, als hätte sie vorhergesehen, an welcher Stelle des Bahnsteigs sein Waggon halten würde! Sie schien weder überrascht noch stolz darauf zu sein. Maigret fand sie so vor, wie er sie in Paris gesehen hatte und wie sie vermutlich immer aussah: im stahlgrauen Kostüm, mit schwarzen Schuhen und einem jener Hüte, an deren Form oder Farbe man sich unmöglich erinnern kann.

Hier auf dem Bahnsteig, auf dem nur noch wenige Reisende umherirrten und über den der Wind hinwegfegte, wirkte sie jedoch größer und etwas kräftiger. Ihre Nase war gerötet, und sie hielt ein zusammengeknülltes Taschentuch in der Hand.

»Ich war mir sicher, dass Sie kommen würden, Herr Kommissar …«

War sie sich nun ihrer selbst oder seiner so sicher? Ohne ein Lächeln fuhr sie fort:

»Haben Sie noch weiteres Gepäck?«

Aber nein. Maigret hatte nur seine Reisetasche aus grobem, abgegriffenem Leder bei sich, die er, obwohl sie ziemlich schwer war, selbst trug.

Mit ihm waren lediglich ein paar Reisende dritter Klasse ausgestiegen, die den Bahnhof inzwischen verlassen hatten. Anna Peeters reichte dem Beamten, der die junge Frau eindringlich musterte, ihre Bahnsteigkarte.

Draußen fuhr sie unbeirrt fort:

»Ich wollte Ihnen zuerst ein Zimmer in unserem Haus herrichten. Aber dann dachte ich, es wäre vielleicht besser, wenn Sie im Hotel wohnten. Ich habe Ihnen das beste Zimmer im Hôtel de la Meuse reservieren lassen …«

Sie waren kaum hundert Meter durch die kleinen Straßen der Stadt gegangen, schon schaute ihnen jeder nach. Die Reisetasche zerrte an Maigrets Arm, während er schwerfällig dahinstapfte. Er versuchte sich alles einzuprägen: die Menschen, die Häuser und vor allem seine Begleiterin.

»Was ist das für ein Geräusch?«, fragte er, als er ein Rauschen hörte.

»Das Hochwasser der Maas, das gegen die Brückenpfeiler anbrandet. Der Schiffsverkehr ist schon seit drei Wochen eingestellt.«

Als sie aus einer Gasse heraustraten, sahen sie den Fluss vor sich. Er war gewaltig angeschwollen und seine Begrenzung kaum zu erkennen. Die braune

Flut hatte manche Wiese überschwemmt, an einer Stelle sah man einen Schuppen aus dem Wasser ragen. Mindestens hundert Boote, Schlepper, Lastkähne, Baggerschiffe drängten sich dicht aneinander und bildeten einen großen Block.

»Dort ist Ihr Hotel ... Es ist nicht sehr komfortabel, aber vielleicht möchten Sie zuerst ein Bad nehmen?«

Unglaublich! Maigret wurde einfach nicht schlau aus ihr. Womöglich hatte ihn noch keine andere Frau so neugierig gemacht wie sie, die vollkommen gelassen blieb, ohne zu lächeln, sich nicht bemühte, hübsch auszusehen, und gelegentlich ihre Nase mit einem Taschentuch abtupfte.

Anna Peeters musste zwischen fünfundzwanzig und dreißig sein. Sie war sehr groß und von kräftigem Körperbau, der jeglicher Anmut entbehrte.

Ihre Kleidung war kleinbürgerlich und äußerst unauffällig. Doch in ihrem Auftreten lag eine Ruhe, die beinahe vornehm wirkte.

Sie behandelte ihn wie einen Gast: Sie war hier zu Hause, sie kümmerte sich um alles.

»Ich wüsste nicht, warum ich ein Bad nehmen sollte.«

»Wollen Sie dann bitte gleich zu uns kommen? Geben Sie Ihre Reisetasche dem Hausdiener ... Garçon! Bringen Sie die Tasche in Zimmer drei. Monsieur wird später wiederkommen.«

Maigret beobachtete sie verstohlen und kam sich vor wie ein Idiot.

Dabei war er alles andere als ein unbeholfener kleiner Junge. Wenn sie auch nicht gerade schmächtig war, er war doppelt so kräftig wie sie, und sein weiter Mantel verlieh ihm etwas Wuchtiges.

»Sind Sie nicht zu müde?«

»Ganz und gar nicht!«

»Dann kann ich Ihnen ja auf dem Weg schon erste Hinweise geben.«

Erste Hinweise hatte sie ihm bereits in Paris gegeben! Als er diese Unbekannte eines schönen Tages in seinem Büro vorfand, wo sie schon seit zwei oder drei Stunden auf ihn gewartet hatte. Vom Bürodiener ließ sie sich nicht abwimmeln.

»Es ist vertraulich!«, hatte sie eingewendet, als Maigret sie in Anwesenheit zweier Inspektoren nach ihrem Anliegen fragte.

Sobald sie allein gewesen waren, hatte sie ihm einen Brief überreicht. Maigret hatte die Schrift eines Cousins seiner Frau erkannt, der in Nancy wohnte.

Mein lieber Maigret,

Mademoiselle Anna Peeters hat sich auf Empfehlung meines Schwagers, der sie seit über zehn Jahren kennt, an mich gewandt. Sie ist eine achtbare junge Frau und wird dir selbst von ihrem Unglück berichten. Bitte hilf ihr, so gut es geht …

»Wohnen Sie in Nancy?«

»Nein, in Givet.«

»Aber dieser Brief …«

»Ich bin extra nach Nancy gefahren, bevor ich hergekommen bin. Ich wusste, dass mein Cousin jemand Bedeutenden bei der Polizei kennt …«

Sie war keine gewöhnliche Bittstellerin. Weder senkte sie den Blick noch verhielt sie sich unterwürfig. Sie schaute Maigret in die Augen und sprach geradeheraus, als forderte sie lediglich ein, was ihr zustand.

»Meine Eltern und ich sind verzweifelt. Es wird einen fürchterlichen Justizirrtum geben, wenn Sie uns nicht helfen!«

Maigret hatte sich Notizen gemacht. Eine ziemlich verworrene Familienangelegenheit.

Die Peeters führten ein Lebensmittelgeschäft an der belgischen Grenze. Sie hatten drei Kinder: Anna, die im Geschäft half, Maria, die Lehrerin war, und Joseph, der in Nancy Jura studierte … Joseph hatte ein Kind mit einem Mädchen aus der Stadt. Das Kind war jetzt drei Jahre alt und seine Mutter, das Mädchen, plötzlich verschwunden. Man verdächtigte die Peeters, sie getötet oder entführt zu haben.

Dienstlich ging Maigret dieser Fall nichts an. Er fiel in die Zuständigkeit eines Kollegen in Nancy. Maigret hatte ihm ein Telegramm geschickt und die entschiedene Antwort erhalten:

PEETERS ZWEIFELLOS SCHULDIG

VERHAFTUNG FOLGT

Eben das hatte Maigret bewogen, nach Givet zu fahren. Ohne einen offiziellen Auftrag, rein privat. Und schon am Bahnhof hatte ihn diese Anna, die er seither unablässig beobachtete, ans Gängelband genommen.

Die Strömung war stark. An jedem Brückenpfeiler brandete die Flut auf, brach sich in tosenden Kaskaden und führte ganze Bäume mit sich fort.

Der Wind, der flussaufwärts durch das Maastal brauste, wirbelte das Wasser auf und trug es so hoch hinaus, dass es mächtige Wellen schlug.

Es war drei Uhr nachmittags und dämmerte bereits.

Durch die fast leeren Straßen fegte der Wind. Einige wenige Passanten eilten vorüber, und Anna war nicht die Einzige, die sich schnäuzte.

»Sehen Sie die Gasse dort links?«

Diskret bedeutete ihm die junge Frau, einen Moment stehen zu bleiben, und wies mit einer kaum wahrnehmbaren Geste auf das zweite Haus in der Gasse. Es war ein armseliges zweistöckiges Haus. Hinter einem Fenster zeichnete sich schon der Schein einer Petroleumlampe ab.

»Dort wohnt sie!«

»Wer?«

»Sie! Germaine Piedbœuf. Das Mädchen, das …«

»… mit Ihrem Bruder ein Kind hat?«

»Wenn es überhaupt von ihm ist! Das ist noch gar nicht bewiesen … Sehen Sie mal!«

In einem Hauseingang stand ein Pärchen: ein Mädchen ohne Hut, wahrscheinlich eine kleine Fabrikarbeiterin, und ein Mann, der sie an sich presste.

»Ist sie das?«

»Nein. Sie ist ja verschwunden. Aber das ist auch so eine … Verstehen Sie? Es ist ihr gelungen, meinem Bruder einzureden …«

»Ähnelt das Kind ihm denn nicht?«

Und sie erwiderte trocken:

»Es ähnelt seiner Mutter … Aber kommen Sie. Diese Leute liegen ständig hinter ihren Gardinen auf der Lauer.«

»Hat sie Angehörige?«

»Ihren Vater, der Nachtwächter in der Fabrik ist, und ihren Bruder Gérard.«

Der Kommissar hatte sich das kleine Haus und vor allem das von der Petroleumlampe erleuchtete Fenster bereits eingeprägt.

»Kennen Sie Givet?«

»Ich bin einmal durchgefahren.«

Ein unendlich langer, sehr breiter Quai, an dem sich alle zwanzig Meter ein Poller zum Festmachen der Lastkähne befand. Einige Lagerhäuser. Ein niedriges Gebäude, auf dem eine Fahne wehte.

»Der französische Zoll … Unser Haus steht ein Stück weiter, in der Nähe des belgischen Zolls.«

Das Wasser war so aufgepeitscht, dass die Kähne gegeneinanderstießen. Pferde liefen frei herum und grasten auf dem kargen Grün.

»Sehen Sie das Licht dort? Da ist es …«

Ein Zollbeamter ließ sie passieren, ohne etwas zu sagen. Ein paar Schiffer begannen plötzlich, Flämisch zu reden.

»Was haben sie gesagt?«

Sie zögerte und wandte zum ersten Mal den Kopf ab.

»Dass man nie die Wahrheit erfahren wird.«

Und sie ging schneller, beugte sich vor, um dem Gegenwind zu trotzen.

Das hier war kein Wohngebiet, es war das Reich des Flusses, der Boote, des Zolls und der Befrachter. Hie und da schaukelte ein elektrisches Licht im Wind. Wäsche knatterte auf einem Kahn. Kinder spielten im Matsch.

»Ihr Kollege war erst gestern wieder bei uns und hat uns vom Untersuchungsrichter ausgerichtet, dass wir uns dem Gericht zur Verfügung halten sollen. Sie haben nun zum vierten Mal alles durchsucht, sogar den Brunnen …«

Sie näherten sich dem Haus der Flamen, das nun

deutlich vor ihnen aufragte. Es war ziemlich mächtig und stand für sich allein nah am Ufer, dort, wo die meisten Schiffe lagen. Das einzige Gebäude in Sichtweite, hundert Meter entfernt, war das belgische Zollhaus mit dem dreifarbigen Grenzpfosten.

»Treten Sie bitte ein.«

An der gläsernen Eingangstür klebten durchsichtige Reklameschilder, die für ein Messingputzmittel warben. Die Ladenklingel ertönte.

Und gleich hinter der Türschwelle umfing sie eine Wärme, eine undefinierbare, sirupartige Atmosphäre der Ruhe, dominiert von Gerüchen. Aber von welchen? Einem Hauch Zimt und einer stärkeren Note gemahlenen Kaffees. Es roch auch nach Petroleum und Genever.

Eine einzige Glühbirne. Hinter der dunkelbraun gestrichenen Holztheke stand eine weißhaarige Frau in schwarzer Bluse und unterhielt sich auf Flämisch mit einer Schiffersfrau, die ein Kind auf dem Arm trug.

»Bitte hier entlang, Herr Kommissar.«

Maigret hatte gerade noch einen Blick auf die gut gefüllten Regale werfen können. Aber vor allem war ihm der Zinkbeschlag am Ende der Theke aufgefallen, auf dem Schnapsflaschen mit Ausgießern aus Zinn standen. Doch es blieb ihm keine Zeit, stehen zu bleiben. Eine weitere Glastür, bespannt mit einer Gardine. Man betrat die Küche.

Ein alter Mann saß in einem Korbsessel dicht am Herd.

»Hier entlang …«

Ein kalter Flur. Noch eine Tür, und man gelangte ganz unerwartet in einen Raum: halb Salon, halb Esszimmer, mit einem Klavier darin und einem Geigenkasten, das Parkett gewienert, komfortable Möbel und an den Wänden Drucke von Gemälden.

»Geben Sie mir bitte Ihren Mantel.«

Der Tisch war gedeckt: ein grobkariertes Tischtuch, Silberbesteck, Tassen aus zartem Porzellan.

»Sie nehmen doch sicher einen Kaffee?«

Nachdem Anna Maigrets Mantel in den Flur gehängt hatte, kehrte sie in einer Hemdbluse aus weißer Seide zurück, die sie noch burschikoser erscheinen ließ. Warum fehlte ihr jegliche weibliche Ausstrahlung? Man konnte sich nicht vorstellen, dass sie sich verliebte, und erst recht nicht, dass sich ein Mann in sie verliebte.

Alles war vorbereitet. Sie brachte eine dampfende Kaffeekanne herein, füllte drei Tassen, verschwand und kam mit einer Reistorte zurück.

»Setzen Sie sich, Herr Kommissar. Meine Mutter kommt sofort.«

»Spielen Sie Klavier?«

»Ja, und meine Schwester. Aber sie hat dafür weniger Zeit. Abends muss sie die Arbeiten ihrer Schülerinnen korrigieren.«

»Und wer spielt Geige?«

»Mein Bruder.«

»Ist er nicht hier in Givet?«

»Er wird gleich kommen. Ich habe ihn von Ihrer Ankunft unterrichtet.«

Sie schnitt die Torte an und legte ihm mit der Selbstgewissheit der Gastgeberin ein Stück auf den Teller. Madame Peeters trat ein, die Hände vor dem Bauch gefaltet, und begrüßte ihn mit einem schüchternen, melancholischen Lächeln.

»Anna sagte mir, Sie würden freundlicherweise …«

Sie war mehr Flämin als ihre Tochter und sprach mit einem leichten Akzent. Sie hatte feine Züge, und ihr silberweißes Haar verlieh ihr etwas Vornehmes. Sie setzte sich auf den Rand ihres Stuhls wie jemand, der daran gewöhnt ist, immerzu aufzuspringen.

»Sie müssen hungrig sein nach der Reise … Ich selbst habe keinen Appetit mehr seit …«

Maigret dachte an den Alten, der in der Küche geblieben war. Warum kam er nicht, um auch von der Torte zu essen? Genau in diesem Augenblick sagte Madame Peeters zu ihrer Tochter:

»Bring deinem Vater ein Stück …«

Und zu Maigret:

»Er verlässt seinen Sessel nur selten und nimmt kaum noch etwas wahr.«

Die Atmosphäre im Haus entbehrte jeglicher Dramatik. Man hatte den Eindruck, draußen könnten die entsetzlichsten Katastrophen passieren, ohne den Frieden im Haus der Flamen zu stören, in dem kein Staubkörnchen zu finden war, in das kein Luftzug eindrang, kein Geräusch. Man hörte lediglich das Bullern des Ofens.

Während Maigret von der mächtigen Torte aß, fragte er:

»An welchem Tag genau ist es passiert?«

»Am 3. Januar, einem Mittwoch.«

»Heute haben wir den 20.«

»Ja, man hat uns nicht gleich verdächtigt.«

»Diese junge Frau … Wie heißt sie noch?«

»Germaine Piedbœuf. Sie ist gegen acht Uhr abends in den Laden gekommen, meine Mutter hat sie empfangen.«

»Was wollte sie?«

Madame Peeters bemühte sich, ihre Tränen zu unterdrücken.

»Das Gleiche wie immer. Sich beschweren, dass Joseph sie nicht besuchte, nichts von sich hören ließ … Dabei arbeitet der Junge doch so viel! Man muss es ihm hoch anrechnen, dass er trotz allem sein Studium fortsetzt.«

»Ist sie lange geblieben?«

»Vielleicht fünf Minuten. Ich musste sie bitten, nicht so zu heulen. Die Schiffer hätten es hören können. Dann ist Anna in den Laden gekommen und hat ihr gesagt, sie solle besser gehen.«

»Ist sie gegangen?«

»Anna hat sie nach draußen begleitet. Ich bin in die Küche zurückgegangen und habe den Tisch abgeräumt.«

»Und seitdem haben Sie sie nicht mehr gesehen?«

»Nein.«

»Und aus dem Ort ist ihr auch niemand mehr begegnet?«

»Alle streiten es ab.«

»Hat sie mit Selbstmord gedroht?«

»Nein! Solche Frauen bringen sich nicht um ... Noch etwas Kaffee? Ein Stück Torte? Anna hat sie gebacken.«

Ein weiterer Pinselstrich, der das Bild von Anna ergänzte: Sie saß still auf ihrem Stuhl, beobachtete den Kommissar, als wären die Rollen vertauscht, als gehörte sie an den Quai des Orfèvres und er hierher.

»Erinnern Sie sich noch daran, was Sie an jenem Abend gemacht haben?«

Es war Anna, die traurig lächelnd antwortete.

»Man hat uns so oft verhört, dass wir uns noch an die kleinste Einzelheit erinnern können. Ich bin in mein Zimmer hinaufgegangen, um mir Wolle zum Stricken zu holen. Als ich herunterkam, saß meine Schwester hier am Klavier, und Marguerite kam gerade herein.«

»Marguerite?«

»Unsere Cousine, die Tochter von Doktor Van de Weert. Sie wohnen auch in Givet. Ich sage es Ihnen lieber gleich, Sie erfahren es ja doch, Marguerite ist Josephs Verlobte.«

Madame Peeters erhob sich seufzend, weil es im Laden geklingelt hatte. Man hörte sie mit fast heiterer Stimme Flämisch sprechen und Bohnen oder Erbsen abwiegen.

»Darunter leidet meine Mutter doch so sehr … Seit jeher ist es beschlossene Sache, dass Joseph und Marguerite heiraten. Sie waren schon mit sechzehn verlobt. Aber Joseph sollte erst sein Studium beenden. Ja, und dann kam dieses Kind …«

»Und trotzdem wollten sie heiraten?«

»Marguerite wollte keinen anderen. Sie liebten sich immer noch.«

»Wusste Germaine Piedbœuf davon?«

»Ja. Aber sie hat darauf bestanden, Joseph zu heiraten, und um endlich seine Ruhe zu haben, hat mein Bruder eingewilligt. Die Hochzeit sollte nach dem Examen stattfinden.«

Wieder ertönte die Ladenklingel, und Madame Peeters schlurfte durch die Küche.

»Sie wollten mir sagen, was Sie am Abend des 3. gemacht haben …«

»Ja, natürlich. Wie gesagt, als ich herunterkam, waren meine Schwester und Marguerite hier im

Zimmer. Bis halb elf wurde Klavier gespielt. Mein Vater war wie gewöhnlich schon um neun schlafen gegangen. Meine Schwester und ich haben Marguerite noch bis zur Brücke begleitet …«

»Und Sie sind niemandem begegnet?«

»Nein … Es war sehr kalt. Wir sind dann nach Hause zurückgegangen. Auch am nächsten Morgen haben wir noch nichts geahnt. Nachmittags erzählte man sich schließlich, dass Germaine Piedbœuf verschwunden sei. Erst zwei Tage später ist der Verdacht auf uns gefallen, weil irgendwer gesehen hatte, wie sie in unser Haus gegangen war. Zuerst hat uns der Polizeikommissar vorladen lassen, dann Ihr Kollege aus Nancy … Monsieur Piedbœuf scheint Anzeige erstattet zu haben. Sie haben das Haus, den Keller, die Schuppen, einfach alles durchsucht und sogar den Garten umgegraben …«

»War Ihr Bruder am 3. nicht in Givet?«

»Nein, er kommt nur samstags, mit dem Motorrad, selten in der Woche … Die ganze Stadt ist gegen uns, weil wir Flamen sind und weil wir Geld haben.«

Sie sagte das mit einem gewissen Stolz, oder genauer: mit einem ausgeprägten Selbstbewusstsein.

»Sie können sich nicht vorstellen, was man uns schon alles angedichtet hat …«

Wieder die Ladenklingel, dann eine junge Stimme:

»Ich bin's! Lasst euch nicht stören …«

Eilige Schritte. Gleich darauf stürzte eine sehr feminine Gestalt ins Zimmer und blieb, als sie Maigret erblickte, wie angewurzelt stehen.

»Oh, Verzeihung. Ich wusste nicht …«

»Das ist Kommissar Maigret, der uns helfen will … Meine Cousine Marguerite.«

Eine zarte, behandschuhte Hand in Maigrets Pranke und ein schüchternes Lächeln.

»Anna hat mir gesagt, Sie wären bereit, uns …«

Sie war sehr zierlich, mehr noch als hübsch; blonde krause Löckchen umrahmten ihr Gesicht.

»Sie spielen Klavier?«

»Ja … Ich liebe nichts mehr als die Musik, besonders, wenn ich traurig bin.«

Mit ihrem Lächeln erinnerte sie an die hübschen Mädchen in den Werbekatalogen. Schmollmund, verschleierter Blick, den Kopf ein wenig geneigt.

»Ist Maria noch nicht zurück?«

»Nein. Ihr Zug hat sicher wieder Verspätung.«

Der Stuhl knarrte bedenklich, als Maigret die Beine übereinanderschlagen wollte.

»Wann genau sind Sie am Abend des 3. hierhergekommen?«

»Um halb neun … Vielleicht auch etwas früher. Wir essen immer zeitig zu Abend, und mein Vater hatte Freunde zum Bridge eingeladen …«

»War das Wetter so wie heute?«

»Es hat geregnet … eine ganze Woche lang.«

»Hatte die Maas schon Hochwasser?«

»Es fing gerade an, aber die Wehre sind erst am 5. oder 6. geöffnet worden. Die Lastschiffe fuhren noch.«

»Noch ein Stück Torte, Herr Kommissar? Nein? Vielleicht eine Zigarre?«

Anna reichte ihm eine Kiste belgischer Zigarren und murmelte, wie um sich zu entschuldigen:

»Die sind nicht geschmuggelt. Ein Teil des Hauses steht auf belgischem und ein Teil auf französischem Boden …«

»Ihr Bruder jedenfalls war in Nancy. Damit ist er raus aus der Sache …«, murmelte Maigret.

»Nein, er wird auch verdächtigt«, sagte Anna. »Ein Saufbold behauptet nämlich, er hätte sein Motorrad den Quai entlangfahren sehen. Das hat er vierzehn Tage später erzählt, als ob er sich da noch hätte erinnern können! Dahinter steckt Gérard, Germaine Piedbœufs Bruder. Der hat nichts zu tun und verbringt seine Zeit damit, Zeugen aufzutreiben. Stellen Sie sich vor, die Piedbœufs wollen eine Zivilklage einreichen und dreihunderttausend Franc Schadenersatz fordern!«

»Wo ist das Kind?«

Wieder hatte es geläutet, und man hörte Madame Peeters in den Laden eilen. Anna stellte die Torte ins Buffet und die Kaffeekanne auf den Ofen.

»Bei den Piedbœufs.«

Und man vernahm hinter der dünnen Wand die laute Stimme eines Schiffers, der Genever verlangte.

2

Die Étoile Polaire

Marguerite Van de Weert wühlte fieberhaft in ihrer Handtasche.

»Hast du den *Echo de Givet* schon gelesen?«

Zaghaft lächelnd zog sie einen Zeitungsausschnitt hervor und gab ihn Anna, die ihn Maigret reichte.

»Wer hat dich auf diese Idee gebracht?«

»Niemand. Ich bin selbst daraufgekommen, gestern, ganz plötzlich.«

Es war eine Anzeige:

Der Motorradfahrer, der am 3. Januar auf dem Quai gesehen wurde, wird gebeten, sich zu melden. Hohe Belohnung.
Lebensmittelgeschäft Peeters.

»Ich habe nicht gewagt, meine Adresse anzugeben, aber …«

Es schien Maigret, als blickte Anna ihre Cousine etwas ungehalten an, während sie murmelte:

»Kein schlechter Einfall. Aber es wird niemand kommen …«

Und Marguerite hatte geglaubt, man werde sie beglückwünschen!

»Warum denn? Wenn es diesen Motorradfahrer überhaupt gibt, wüsste ich nicht, warum er sich nicht melden sollte, denn es war nun mal nicht Joseph …«

Die Türen standen offen. In der Küche begann der Kessel zu summen. Madame Peeters deckte den Tisch fürs Abendessen. Vor der Ladentür ertönten Stimmen, und sofort spitzten die beiden Mädchen die Ohren.

»Treten Sie bitte ein. Ich kann Ihnen nicht viel mehr sagen, aber …«

»Joseph!«, stammelte Marguerite und erhob sich.

Ihr Tonfall verriet mehr Verehrung als Liebe. Sie war wie verwandelt, wagte nicht, sich wieder zu setzen, und hielt den Atem an, als erwartete sie die Ankunft eines Übermenschen.

In der Küche sagte dieselbe Stimme:

»Guten Tag, Mutter.«

Und eine andere, Maigret ebenfalls unbekannte Stimme:

»Entschuldigen Sie, Madame Peeters, aber ich muss Verschiedenes überprüfen, und da Ihr Sohn gerade vorbeikam …«

Die beiden Männer traten schließlich ins Esszimmer.

Joseph Peeters runzelte kaum merklich die Stirn

und murmelte mit geradezu peinlicher Zärtlichkeit: »Bonjour, Marguerite.«

Sie nahm seine Hand in beide Hände.

»Bist du sehr erschöpft, Joseph? Geht es dir gut?«

Ungerührt wandte sich Anna an den anderen Mann und deutete auf Maigret.

»Kommissar Maigret, den Sie sicher kennen.«

»Inspektor Machère«, sagte der Mann und reichte dem Kommissar die Hand. »Sie sind also wirklich …«

Aber im Stehen, zwischen der Tür und dem gedeckten Tisch, konnte man sich nicht unterhalten.

»Ich bin privat hier«, murmelte Maigret. »Tun Sie bitte so, als wäre ich gar nicht da.«

Anna berührte ihn am Arm.

»Mein Bruder Joseph … Kommissar Maigret.«

Joseph streckte seine lange, knochige, kalte Hand aus. Er war einen halben Kopf größer als Maigret, der es immerhin auf einen Meter achtzig brachte, dabei aber so schmal, dass man glauben mochte, er werde trotz seiner fünfundzwanzig Jahre noch weiter wachsen.

Eine spitze Nase. Müde Augen mit dunklen Ringen, kurz geschnittenes blondes Haar. Er schien kurzsichtig zu sein, denn er blinzelte unaufhörlich, als wollte er dem Licht der Lampe ausweichen.

»Sehr erfreut, Herr Kommissar. Sie machen mich ein wenig verlegen …«

Elegant gekleidet war er nicht. Unter seinem speckigen Regenmantel trug er einen schlecht geschnittenen aschgrauen Anzug.

»Ich bin ihm an der Brücke begegnet«, sagte Inspektor Machère, »und habe ihn gebeten, mit seinem Motorrad vorauszufahren.«

Dann wandte er sich an Anna und sprach von da an nur noch mit ihr, als wäre sie die Hausherrin. Weder sah man Madame Peeters noch ihren Mann, der in dem Korbsessel in der Küche versunken war.

»Ich nehme an, dass man leicht aufs Dach gelangen kann, oder?«

Alle sahen sich an.

»Durch die Luke im Speicher«, erwiderte Anna. »Wollen Sie hinauf?«

»Ja. Ich möchte einen Blick auf das Dach werfen.«

Maigret nutzte die Gelegenheit, sich das Haus anzusehen. Die Treppe glänzte; die mit Linoleum belegten Stufen waren so glatt gebohnert, dass man sich in Acht nehmen musste, um nicht darauf auszurutschen.

Im ersten Stock ein Treppenabsatz mit drei Türen. Joseph und Marguerite waren unten geblieben. Anna ging voraus, und der Kommissar bemerkte, dass sie sich in den Hüften wiegte.

»Ich muss Sie sprechen«, flüsterte der Inspektor.

»Gleich.«

Sie erreichten den zweiten Stock. Auf der einen Seite befand sich eine ausgebaute Mansarde, die aber nicht benutzt wurde. Auf der anderen ein riesiger Speicher mit Holzbalken, auf dem sich Kisten und Säcke voller Waren stapelten. Um an die Luke zu gelangen, musste der Inspektor auf zwei übereinandergestellte Kisten klettern.

»Haben Sie hier kein Licht?«

»Ich habe meine Taschenlampe dabei …«

Der Inspektor war ein junger Mann mit rundem, freundlichem Gesicht, der vor Arbeitseifer brannte. Maigret kletterte nicht auf das Dach, sondern blickte nur durch die Luke. Windböen fegten über das Haus hinweg. Man hörte das Tosen des Flusses und sah in der Dunkelheit, wie die Lichter einiger Gaslaternen die aufgewühlte Wasseroberfläche sprenkelten.

Links auf dem Dach stand ein mindestens zwei Kubikmeter fassender Zinkbehälter, der offensichtlich dazu diente, Regenwasser aufzufangen. Der Inspektor ging zielstrebig darauf zu.

Machère beugte sich über den Rand, schien enttäuscht, ging noch ein paar Schritte auf dem Dach auf und ab und bückte sich schließlich, um etwas aufzuheben.

Anna stand stumm im Dunkeln, hinter Maigret. Zuerst sah man wieder die Beine des Inspektors, dann seinen Oberkörper, schließlich sein Gesicht.

»Ein Versteck, das mir erst heute Nachmittag in den Sinn gekommen ist, als ich feststellte, dass die Leute in meinem Hotel nur Regenwasser trinken … Aber die Leiche ist nicht darin.«

»Was haben Sie aufgehoben?«

»Ein Taschentuch. Ein Damentaschentuch.«

Er faltete es auseinander, richtete seine Taschenlampe darauf und suchte vergeblich nach einem Monogramm. Das Taschentuch musste schon lange Wind und Wetter ausgesetzt gewesen sein.

»Wir werden uns später damit befassen«, sagte der Inspektor, seufzte und ging zur Tür.

Als sie wieder in die wohlige Wärme des Esszimmers zurückkehrten, saß Joseph Peeters auf dem Klavierhocker und las die Anzeige, die ihm Marguerite gerade gegeben hatte. Sie stand vor ihm, und sowohl ihr breitkrempiger Hut als auch der mit feinen Volants besetzte Mantel betonten ihre beinahe durchscheinende Zartheit.

»Mögen Sie mich heute Abend in meinem Hotel besuchen?«, fragte Maigret den jungen Mann.

»In welchem Hotel wohnen Sie?«

»Im Hôtel de la Meuse!«, warf Anna ein. »Sie verlassen uns schon, Herr Kommissar? Ich hätte Sie gern gebeten, mit uns zu Abend zu essen, aber …«

Maigret ging durch die Küche. Madame Peeters sah ihn erstaunt an.

»Gehen Sie schon?«

Der Alte in seinem Korbsessel stierte vor sich hin. Er rauchte eine Meerschaumpfeife und schien an nichts sonst zu denken. Er grüßte nicht einmal.

Draußen heulte der Wind, das Hochwasser der Maas rauschte flussabwärts, und die vertäuten Kähne krachten gegeneinander. Inspektor Machère beeilte sich, die Seite zu wechseln, als er merkte, dass er rechts von Maigret ging.

»Glauben Sie, dass die Peeters unschuldig sind?«

»Ich weiß es nicht. Haben Sie Tabak?«

»Nein, tut mir leid … Wissen Sie, man spricht viel von Ihnen in Nancy, und das beunruhigt mich. Denn diese Peeters …«

Maigret war vor den Kähnen stehen geblieben und ließ seinen Blick schweifen. Durch das Hochwasser, das den Schiffsverkehr lahmlegte, sah Givet wie ein großer Hafen aus. Mehrere Rhein-Frachter lagen hier vor Anker, tausend Tonnen schwer und ganz aus schwarzem Stahl. Daneben wirkten die hölzernen Kähne aus dem Norden wie lackiertes Spielzeug.

»Ich werde mir wohl eine Mütze kaufen«, murmelte der Kommissar, der seinen Hut festhalten musste.

»Was hat man Ihnen denn erzählt? Dass sie unschuldig sind natürlich, oder?«

Man musste gegen den heulenden Wind anschreien. Das fünfhundert Meter entfernte Givet war nur ein kleines Lichtbündel. Das Haus der Flamen zeichnete sich deutlich gegen den zerklüfteten Himmel ab, durch die Fenster drang weiches Licht.

»Woher kommen sie?«

»Aus dem Norden Belgiens. Vater Peeters ist in der Nähe von Limburg an der holländischen Grenze geboren. Er ist zwanzig Jahre älter als seine Frau, also wohl über achtzig. Er war Korbmacher. Noch vor einigen Jahren übte er seinen Beruf aus, hatte vier Gehilfen in der Werkstatt hinter dem Haus. Jetzt ist er völlig senil.«

»Sind sie reich?«

»So sagt man. Das Haus gehört ihnen. Sie haben sogar armen Schiffern Geld für ein Boot geliehen. Wissen Sie, Kommissar, die haben eine andere Mentalität als wir. Die alte Peeters hat mehrere hunderttausend Franc, ist sich aber nicht zu schade, den Kunden ein Schnäpschen zu servieren … Aber der Sohn soll Anwalt werden. Die ältere Tochter hat Klavierspielen gelernt. Die andere ist Lehrerin an einer großen Klosterschule in Namur. Also viel mehr als nur eine einfache Lehrerin. Eher so etwas wie eine Gymnasiallehrerin …«

Machère deutete auf die Kähne.

»Auf den meisten Schiffen leben Flamen: Leute, die ihre Gewohnheiten nicht gern ändern. Die anderen gehen in die französischen Bistros in der

Nähe der Brücke und trinken ihren Aperitif und ihren Wein. Die Flamen wollen bloß ihren Genever, jemanden, der ihre Sprache versteht und so weiter … Jedes Schiff deckt sich bei den Peeters mit Vorräten für eine Woche und länger ein … Vom Schmuggel ganz zu schweigen! Dafür liegt das Haus der Peeters sehr günstig.«

Die Mäntel klebten an ihren Körpern. Die Wellen schlugen wild gegen die beladenen Kähne, das Wasser spritzte bis aufs Deck.

»Sie sehen das alles ganz anders als wir. Für sie ist das kein Bistro, sondern ein Lebensmittelgeschäft, auch wenn an der Theke Schnaps ausgeschenkt wird. Selbst die Frauen trinken ein Gläschen, wenn sie ihre Einkäufe machen … Das scheint am meisten einzubringen.«

»Und die Piedbœufs?«, fragte Maigret.

»Kleine Leute. Der Mann ist Nachtwächter in der Fabrik. Die Tochter war dort als Stenotypistin tätig, und der Sohn arbeitet auch dort.«

»Ein seriöser junger Mann?«

»Das kann man nicht gerade sagen. Er arbeitet nicht eben viel. Er spielt lieber Billard im Café de la Mairie. Er sieht gut aus, und das weiß er auch.«

»Und die Tochter?«

»Germaine? Die hatte viele Liebhaber … Wissen Sie, Kommissar, das ist eins von diesen Mädchen, die sich mit einem Mann in dunkle Ecke verziehen.

Was nicht ausschließt, dass das Kind von Joseph Peeters ist. Ich habe es gesehen. Es sieht ihm sehr ähnlich … Jedenfalls ist nicht zu leugnen, dass sie am Abend des 3. Januar kurz nach acht das Haus betreten hat und seitdem nicht mehr gesehen wurde …«

Inspektor Machère sprach freiheraus.

»Ich habe alles besichtigt und sogar mithilfe eines Architekten einen detaillierten Aufriss aller Räumlichkeiten angefertigt. Nur eins hatte ich vergessen: das Dach. Man denkt ja für gewöhnlich nicht daran, dass jemand eine Leiche auf dem Dach verstecken könnte … Deswegen bin ich gerade hinaufgeklettert, aber außer einem Taschentuch habe ich nichts gefunden.«

»Und die Maas?«

»Eben! Darauf wollte ich gerade kommen. Sie wissen ja sicher, dass man die Ertrunkenen fast immer an den Wehren findet. Es gibt von hier bis Namur acht davon … Aber zwei Tage nach dem Verbrechen ist das Hochwasser so sehr angestiegen, dass die Wehre geöffnet werden mussten, das kommt hier jeden Winter vor. Germaine Piedbœuf könnte bis nach Holland getrieben worden sein, wenn nicht gar aufs offene Meer hinaus …«

»Man hat mir gesagt, Joseph Peeters sei an dem Abend nicht hier gewesen, da …«

»Ich weiß! Das behauptet er. Ein Zeuge hat aber

sein Motorrad gesehen. Joseph schwört, es sei nicht seins gewesen.«

»Hat er kein Alibi?«

»Ja und nein. Ich bin deswegen extra noch einmal nach Nancy gefahren. Er wohnt dort in einem möblierten Zimmer, das er betreten kann, ohne von der Wirtin gesehen zu werden … Und in den Cafés und Bars, in denen sich die Studenten abends treffen, erinnert sich keiner genau, ob er dort am 3., 4. oder 5. die Nacht verbracht hat.«

»Könnte es sein, dass Germaine Piedbœuf sich das Leben genommen hat?«

»Das würde nicht zu ihr passen. Ein schmächtiges, etwas unstetes Mädchen, ihren Sohn aber hat sie über alles geliebt.«

»Sie könnte Opfer eines anderen Verbrechens geworden sein …«

Diesmal schwieg Machère und ließ den Blick über die Kähne schweifen, die einige Meter vom Ufer entfernt eine Insel bildeten.

»Daran habe ich auch gedacht und über jeden der Schiffer Nachforschungen angestellt. Die meisten sind anständige Männer, die mit Frau und Kindern an Bord leben … Nur bei der Étoile Polaire hatte ich gleich ein seltsames Gefühl. Das ist das letzte Schiff flussaufwärts. Ein furchtbar schmutziger Kahn, der es wohl nicht mehr lange macht.«

»Wem gehört er?«

»Einem Belgier aus Tilleur, in der Nähe von Lüttich. Ein brutaler Kerl, der zweimal wegen Sittlichkeitsvergehen vor Gericht gestanden hat. Das Schiff ist vollkommen verwahrlost. Die Versicherungsgesellschaften weigern sich, es zu versichern ... Er hat sich mit unzähligen Frauen und Mädchen herumgetrieben. Aber warum wollen Sie ...«

Die beiden Männer gingen weiter Richtung Brücke. Je näher sie kamen, desto heller wurden die Lichter der Stadt. Auf der rechten Seite sahen sie Bistros, französische Bistros, in denen mechanische Klaviere klimperten.

»Ich lasse ihn überwachen. Trotzdem ist die Zeugenaussage über das Motorrad ...«

»In welchem Hotel wohnen Sie?«

»Im Hôtel de la Gare.«

Maigret reichte ihm die Hand.

»Wir sehen uns, mein Lieber ... Und, wie gesagt, die Ermittlungen führen Sie. Ich bin hier nur als Amateur.«

»Aber was soll ich tun? Wenn man die Leiche nicht findet, gibt es keinen Beweis. Und wenn man sie ins Wasser geworfen hat, wird sie niemals gefunden werden ...«

Sie hatten die Brücke erreicht. Maigret drückte ihm halbherzig die Hand und ging in sein Hotel.

Beim Abendessen notierte Maigret:

Meinungen über die Peeters:

MACHÈRE: *Sie halten sich nicht für Schankwirte.*

DER HOTELIER: *Die meinen, sie wären was Besseres. Mein Sohn muss doch auch nicht unbedingt Anwalt werden!*

EIN SCHIFFER: *Die Flamen sind alle so!*

EIN ANDERER: *Die halten zusammen wie die Freimaurer!*

Und es war seltsam, von der Stadt, das heißt von der Brücke, die den Mittelpunkt Givets bildete, zum Haus der Flamen hinüberzublicken. Man war in einer französischen Stadt. Enge Straßen. Cafés, in denen Männer Billard oder Domino spielten. Der Geruch von Anisschnaps, jeder schien jeden zu kennen.

Dann dieses Stück Fluss. Das Zollhaus. Schließlich ganz am Ende, dort, wo schon das Land begann, das Haus der Flamen: der bis unters Dach vollgestopfte Laden; die kleine Zinktheke für die Genevertrinker; die Küche und der senile Greis, der in seinem Korbsessel am Ofen klebte; das Esszimmer und das Klavier, die Geige, die komfortablen Möbel, die selbstgebackene Torte, Anna und Marguerite, das karierte Tischtuch; Joseph, lang, mager und kränklich, der auf dem Motorrad angefahren kam und von allen bewundert wurde!

Das Hôtel de la Meuse war ein Hotel für Handelsreisende. Der Besitzer kannte sie alle.

Gegen neun trat Joseph Peeters zaghaft wie ein Fremder ein, ging auf den Kommissar zu und nuschelte:

»Es gibt Neuigkeiten.«

Da alle zu ihnen hinsahen, bat Maigret den jungen Mann in sein Zimmer hinauf.

»Was denn?«

»Sie wissen doch von der Anzeige, nicht wahr? Ein Motorradfahrer hat sich gemeldet: ein Tankwart aus Dinant, der an dem Abend gegen halb neun an unserem Haus vorbeigefahren ist …«

Maigret hatte seine Reisetasche noch nicht ausgepackt. Er saß auf der Bettkante und hatte seinem Besucher den einzigen Sessel überlassen.

»Lieben Sie Marguerite wirklich?«

»Ja. Das heißt …«

»Das heißt?«

»Sie ist meine Cousine. Ich will sie heiraten. Das ist schon lange beschlossen.«

»Und trotzdem haben Sie Germaine Piedbœuf ein Kind gemacht!«

Schweigen. Und dann genuschelt, ein schwaches:

»Ja.«

»Haben Sie das Mädchen geliebt?«

»Ich weiß es nicht.«

»Hätten Sie Germaine geheiratet?«

»Ich weiß es nicht.«

Im hellen Schein der Lampe betrachtete Maigret sein schmales Gesicht, die müden Augen, den Ausdruck von Resignation. Joseph Peeters wagte nicht, ihn anzuschauen.

»Wie ist es dazu gekommen?«

»Wir haben uns öfter getroffen, Germaine und ich …«

»Und Marguerite?«

»Oh nein! Mit ihr ist es etwas ganz anderes …«

»Und dann?«

»Sie hat mir gesagt, dass sie ein Kind erwartet … Ich wusste nicht mehr …«

»Aber Ihre Mutter …«

»Meine Mutter und meine Schwestern. Sie haben mir gesagt, dass ich nicht der Erste sei. Germaine hätte …«

»… sich auch mit anderen Männern eingelassen?«

Das Fenster ging auf den Fluss, genau auf die Stelle, wo sich das Wasser unter Getöse an den Brückenpfeilern brach.

»Lieben Sie Marguerite oder Germaine?«

Der junge Mann erhob sich verlegen.

»Ich … das heißt …«

Schweißperlen traten auf seine Stirn.

»Wie soll ich das wissen? Meine Mutter hatte schon eine Anwaltskanzlei in Reims für mich ausfindig gemacht.«

»Für Sie und Marguerite?«

»Ich weiß es nicht … Die andere habe ich in einem Tanzlokal kennengelernt.«

»Germaine?«

»Ja. In einem Tanzlokal, meine Mutter hatte mir verboten, dort hinzugehen. Ich habe sie dann nach Hause begleitet. Unterwegs …«

»Und Marguerite?«

»Das ist nicht das Gleiche. Ich …«

»Sie waren also in der Nacht vom 3. auf den 4. in Nancy?«

Maigret wusste genug. Er ging zur Tür. Joseph war ein dürrer Junge ohne Rückgrat, dessen Stolz sich aus der Bewunderung seiner Schwestern und seiner Cousine speiste.

»Was machen Sie jetzt in Nancy?«

»Ich bereite mich auf mein letztes Examen vor … Anna hat mir ein Telegramm geschickt, dass ich herkommen solle, um mit Ihnen zu sprechen. Muss ich …«

»Nein, ich brauche Sie nicht mehr. Sie können nach Nancy zurückfahren.«

Ein Anblick, den Maigret nicht vergessen würde: große, helle Augen, vor Nervosität gerötet. Das zu knappe Jackett und die an den Knien ausgebeulte Hose.

Und in diesem Anzug unter dem Regenmantel würde Joseph Peeters auf seinem Motorrad nach

Nancy zurückfahren, ohne die zulässige Höchstgeschwindigkeit zu überschreiten.

Eine kleine Studentenbude bei irgendeiner bedürftigen alten Dame. Die Vorlesungen, von denen er sicher keine einzige versäumte. Mittags ins Café und am Abend eine Partie Billard …

»Wenn ich Ihre Anwesenheit für notwendig halte, werde ich Sie benachrichtigen.«

Als Maigret wieder allein war, stützte er die Ellbogen auf die Fensterbank, der Wind aus dem Tal schlug ihm entgegen, er sah die Maas vorüberströmen und in der Ferne ein kleines gedämpftes Licht: das Haus der Flamen.

In der Dunkelheit ein Durcheinander von Schiffen, Masten, Schornsteinen, den runden Vorsteven.

Und vorneweg die Étoile Polaire …

Als er auf die Straße hinaustrat, stopfte er seine Pfeife und schlug dann den Samtkragen seines Mantels hoch. Der Wind wehte so stark, dass er ihn trotz seines beachtlichen Gewichts fast umwarf.

3
Die Hebamme

Wie gewöhnlich war Maigret bereits um acht Uhr aufgestanden. Die Hände in den Manteltaschen, die Pfeife zwischen den Zähnen, stand er eine ganze Weile reglos vor der Brücke und ließ seinen Blick bald über den schäumenden Fluss, bald über die Passanten schweifen.

Der Wind war ebenso heftig wie tags zuvor. Es war viel kälter als in Paris.

Aber woran merkte man eigentlich, dass hier eine Grenze verlief? An den scheußlich braunen Backsteinhäusern, die typisch belgisch aussahen mit ihren quadersteingepflasterten Hauseingängen und den Kupferkrügen in den Fenstern?

An den harten, zerfurchten Gesichtszügen der Wallonen? An den khakifarbenen Uniformen der belgischen Zöllner oder aber daran, dass man in den Läden in beiden Währungen bezahlen konnte?

Jedenfalls war es offensichtlich; man befand sich an einer Grenze. Zwei Arten von Menschen trafen hier aufeinander.

Maigret spürte das besonders deutlich, als er ein

Bistro am Quai betrat, um einen Grog zu trinken. Ein französisches Bistro, das Aperitifs in allen Farben ausschenkte. An den weiß getünchten Wänden hingen Spiegel, und die Gäste tranken ihr erstes Vormittagsgläschen Weißwein im Stehen.

Etwa ein Dutzend Schiffer stand um die Besitzer von zwei Schleppern herum. Man diskutierte darüber, ob es nicht doch möglich wäre, flussabwärts zu fahren.

»Ausgeschlossen. Man kommt nicht unter der Brücke von Dinant hindurch. Und selbst wenn wir es schaffen, müssten wir für die Tonne Fracht fünfzehn französische Franc nehmen. Das ist zu teuer. Dann warten wir lieber ...«

Ihre Blicke wanderten zu Maigret. Einer stieß den anderen an. Sie hatten den Kommissar erkannt.

»Da ist ein Flame, der meint, er werde morgen ohne Motor losfahren und sich von der Strömung treiben lassen.«

In dem Bistro waren keine Flamen. Sie zogen den Laden der Peeters vor, mit seinem dunklen Holz, dem Geruch nach Kaffee, Zichorie, Zimt und Genever. Stundenlang lehnten sie dort an der Theke, unterhielten sich träge über dieses und jenes und blickten dabei mit ihren hellen Augen durch die durchsichtigen Reklamebilder auf der gläsernen Ladentür. Maigret hörte den Gesprächen zu. Er erfuhr, dass die flämischen Schiffer nicht beliebt waren, nicht wegen ihres Charakters, sondern weil sie dank der starken, gut gepflegten Motoren, mit denen ihre Schiffe ausgestattet waren, den Franzosen Konkurrenz machten und Frachten zu lächerlichen Preisen beförderten.

»Und obendrein bringen sie junge Mädchen um!«

Diese Worte galten Maigret, den man dabei verstohlen beobachtete.

»Worauf wartet die Polizei eigentlich noch, um die Peeters zu verhaften? Vielleicht zögert man, weil sie zu viel Geld haben …«

Maigret verließ das Lokal, ging noch eine Weile auf dem Quai entlang und betrachtete das braune Wasser, das große Äste mit sich führte. In der kleinen Gasse zu seiner Linken sah er das Haus, das Anna ihm gezeigt hatte.

Es war ein trüber Morgen, der Himmel von undurchlässigem Grau. Die Leute froren und hielten sich nicht lange auf den Straßen auf.

Der Kommissar ging zur Haustür und zog an der Klingelschnur. Es war kurz vor halb neun. Die Frau, die ihm öffnete, schien gerade mit Putzen beschäftigt gewesen zu sein. Sie wischte sich die Hände an ihrer feuchten Schürze ab.

»Ja bitte?«

Am Ende des Flurs sah man eine Küche, in der ein Eimer und Schrubber standen.

»Ist Monsieur Piedbœuf da?«

Sie musterte ihn misstrauisch von Kopf bis Fuß.

»Vater oder Sohn?«

»Der Vater.«

»Sie sind doch bestimmt von der Polizei. Dann müssten Sie wissen, dass er um diese Zeit schläft. Er ist Nachtwächter und kommt nie vor sieben Uhr morgens nach Hause. Aber wenn Sie jetzt hinaufgehen wollen …«

»Nein, nicht nötig. Und der Sohn?«

»Der ist vor zehn Minuten zur Arbeit gegangen.«

Aus der Küche hörte man, wie etwas zu Boden fiel, und Maigret sah den Kopf eines Kindes.

»Ist das zufällig …«, begann er.

»Ja, das ist der Sohn der armen Mademoiselle Germaine. Wollen Sie jetzt hereinkommen oder nicht? Es wird ja ganz kalt im Haus …«

Der Kommissar trat ein. Der Anstrich des Flurs sollte an Marmor erinnern. Die Küche war unaufgeräumt, und die Frau brummte etwas vor sich hin, während sie Eimer und Schrubber beiseiteschob.

Auf dem Tisch standen schmutzige Tassen und Teller. Ein Junge von zweieinhalb Jahren saß dort ganz allein und löffelte ungeschickt ein weiches Ei, wobei er sich mit Eigelb bekleckerte.

Die Frau war etwa vierzig. Sie war mager und hatte ein ausgezehrtes Gesicht.

»Ziehen Sie das Kind auf?«

»Ja. Seit sie seine Mutter umgebracht haben, hüte

ich ihn die meiste Zeit. Der Großvater muss den halben Tag schlafen, und sonst gibt es hier niemanden. Wenn mich meine PatientInnen brauchen, muss ich ihn einer Nachbarin anvertrauen.«

»Patientinnen?«

»Ich bin Hebamme.«

Sie hatte ihre karierte Schürze abgenommen, als ob diese ihr etwas von ihrer Würde nähme.

»Hab keine Angst, mein kleiner Jojo«, sagte sie zu dem Kind, das aufgehört hatte zu essen und den Besucher anstarrte.

Ähnelte der Junge Joseph Peeters? Schwer zu sagen. Jedenfalls war es ein schwächliches Kind. Es hatte unregelmäßige Züge, einen zu großen Kopf, einen mageren Hals und vor allem einen breiten, schmallippigen Mund, der eher zu einem zehnjährigen Kind gepasst hätte.

Es ließ Maigret nicht aus den Augen, aber sein Blick war ausdruckslos. Und das blieb er auch, als die Hebamme das Kind auf eine etwas theatralische Art in die Arme nahm und rief:

»Das arme Spätzchen! Iss dein Ei, mein Liebling!«

Sie hatte Maigret keinen Stuhl angeboten. Der Fußboden war noch nass, und auf dem Herd stand ein Topf mit Suppe.

»Sie sind wahrscheinlich der, den sie aus Paris geholt haben.«

Die Stimme war noch nicht aggressiv, klang aber alles andere als liebenswürdig.

»Was wollen Sie damit sagen?«

»Sie brauchen nicht so geheimnisvoll zu tun. Hier weiß jeder Bescheid.«

»Was meinen Sie damit?«

»Das wissen Sie ebenso gut wie ich! Eine schöne Aufgabe haben Sie da übernommen. Aber die Polizei stand ja schon immer auf der Seite der Reichen, oder?«

Maigret runzelte die Stirn, nicht wegen der grundlosen Unterstellung, sondern wegen der Haltung, die diese Worte zum Ausdruck brachten.

»Die Flamen haben ja selbst überall herumposaunt, dass man ihnen nicht mehr lange etwas anhaben könnte, denn wenn ich weiß nicht welcher Kommissar aus Paris käme, dann würden sich die Dinge ändern.« Sie setzte ein boshaftes Lächeln auf. »Man hat ihnen genügend Zeit gegeben, ihre Lügen vorzubereiten! Sie wissen sehr gut, dass man Mademoiselle Germaines Leiche nie finden wird. Iss, mein Kleiner. Hab keine Angst …«

Mit feuchten Augen betrachtete sie das Kind, das seinen Löffel in die Luft hielt und Maigret noch immer anstarrte.

»Und sonst haben Sie mir nichts zu sagen?«, fragte der Kommissar.

»Nicht das Geringste! Die Peeters haben Ihnen

bestimmt alle Auskünfte gegeben, die Sie brauchen, und sie haben Ihnen wohl auch gesagt, das Kind sei nicht von Joseph!«

Lohnte es, sich darauf einzulassen? Maigret war der Feind. Eine Atmosphäre des Hasses erfüllte das ärmliche Haus.

»Und wenn Sie Monsieur Piedbœuf sprechen wollen, brauchen Sie nur gegen Mittag wiederzukommen. Dann steht er nämlich auf, und Monsieur Gérard kommt zu dieser Zeit aus dem Büro …«

Sie führte ihn durch den Flur hinaus und schloss die Tür hinter ihm. Im ersten Stock waren die Rollos heruntergelassen.

In der Nähe des Hauses der Flamen traf Maigret Inspektor Machère, der sich mit zwei Schiffern unterhielt. Als er den Kommissar bemerkte, beendete er sein Gespräch.

»Was haben sie erzählt?«

»Ich habe mit ihnen über die Étoile Polaire gesprochen. Sie glauben sich zu erinnern, dass ihr Besitzer am 3. Januar gegen acht das Café des Mariniers verlassen hat und dass er wie jeden Abend betrunken war. Im Augenblick schläft er noch. Ich war vorhin auf seinem Schiff, er hat mich nicht einmal gehört.«

Hinter den Scheiben des Ladens sah man das

weiße Haupt von Madame Peeters, die die Polizeibeamten beobachtete.

Ihre Unterhaltung war wenig aufschlussreich. Ohne besonderes Interesse sahen sich die beiden Männer um.

Auf der einen Seite der Fluss, dessen Wehre geöffnet waren und der mit einer Geschwindigkeit von neun Stundenkilometern das Treibgut mit sich fortriss.

Auf der anderen Seite das Haus.

»Das Haus hat zwei Eingänge«, sagte Machère. »Den, den wir sehen, und einen anderen hinten. Im Hof gibt es einen Brunnen …«

Er beeilte sich hinzuzufügen:

»Ich habe ihn untersuchen lassen. Ich glaube, wir haben alles durchsucht. Und dennoch, ich weiß nicht, warum, habe ich das Gefühl, die Leiche ist nicht in die Maas geworfen worden … Wie ist das Damentaschentuch auf das Dach gekommen?«

»Wissen Sie schon, dass man den Motorradfahrer ausfindig gemacht hat?«

»Ja. Aber das beweist nicht, dass Joseph Peeters an jenem Abend nicht hier war …«

So war es! Es gab keinen Beweis, weder dafür noch dagegen. Es gab keine einzige verlässliche Zeugenaussage.

Germaine Piedbœuf war gegen acht Uhr in den Laden gekommen. Die Flamen behaupteten, sie sei wenige Minuten später wieder gegangen, aber niemand hatte sie mehr gesehen.

Das war alles!

Die Piedbœufs klagten auf dreihunderttausend Franc Schadenersatz.

Zwei Schifferfrauen betraten den Laden, und die Klingel ertönte.

»Glauben Sie immer noch, Herr Kommissar …«

»Ich glaube gar nichts, mein Lieber! Bis nachher …«

Er ging ebenfalls hinein. Die beiden Kundinnen traten zur Seite, um Platz zu machen. Madame Peeters rief:

»Anna!«

Und sie eilte zur Glastür, die in die Küche führte.

»Treten Sie ein, Herr Kommissar. Anna kommt sofort. Sie räumt noch die Zimmer auf.«

Sie wandte sich wieder ihren Kundinnen zu, und der Kommissar ging durch die Küche in den Flur und dann langsam die Treppe hinauf.

Anna schien ihn nicht gehört zu haben. In einem Zimmer, dessen Tür offen stand, hörte Maigret ein Geräusch, und dann sah er die junge Frau, die sich ein Tuch um den Kopf geknotet hatte und dabei war, eine Männerhose auszubürsten.

Sie erblickte den Besucher im Spiegel, drehte sich mit einer jähen Bewegung um und ließ die Bürste fallen.

»Wo kommen Sie denn her?«

Auch in ihrem Morgenmantel blieb sie ganz dieselbe und verhielt sich wie eine gut erzogene, etwas zurückhaltende junge Frau.

»Entschuldigen Sie bitte. Man hat mir gesagt, Sie wären oben. Ist dies das Zimmer Ihres Bruders?«

»Ja. Er ist heute Morgen in aller Frühe wieder abgefahren. Das Examen ist sehr anspruchsvoll. Und er will es wie die übrigen auch mit Auszeichnung bestehen.«

Auf einer Kommode stand eine große Fotografie von Marguerite Van de Weert in hellem Kleid und mit Strohhut.

Und die junge Frau hatte in einer steilen, spitzen Schrift den Anfang von *Solveigs Lied* daruntergeschrieben:

Der Winter mag scheiden,
der Frühling vergehn,
der Sommer mag verwelken,
das Jahr verwehn …

Maigret nahm das Bild in die Hand. Anna musterte ihn, fast ein wenig argwöhnisch, als fürchtete sie, er könnte darüber lächeln.

»Das sind Verse von Ibsen«, sagte sie.

»Ich weiß …«

Und Maigret rezitierte das Ende des Liedes:

Ich will deiner harren,
bis du mir nah,
und harrest du dort oben,
so treffen wir uns da!

Er hätte dennoch fast gelächelt, weil sein Blick auf die Hose fiel, die Anna immer noch in Händen hielt.

Es war völlig unerwartet, geradezu albern und doch rührend, in einem tristen Studentenzimmer auf diese erhabenen Verse zu stoßen.

Joseph Peeters, schlaksig und mager, schlecht gekleidet, mit seinem blonden Haar, das jeder Pomade widerstand, der zu großen Nase, den kurzsichtigen Augen …

Mein holder Verlobter …

Und dann diese Fotografie einer kleinen duftigen Provinzschönheit!

Das war kein angemessener Rahmen für Ibsens dramatisches Gedicht. Marguerite schleuderte ihren Liebesschwur nicht den Sternen entgegen, sondern schrieb brav ein paar Verse ab, auf den Rand einer Fotografie.

Ich will deiner harren …

Und sie hatte wirklich gewartet! Trotz Germaine Piedbœuf, trotz des Kindes, trotz der Jahre, die vergangen waren.

Maigret spürte eine leichte Verlegenheit. Er betrachtete den mit einer grünen Schreibunterlage bedeckten Tisch, das darauf stehende Tintenfass aus Messing, bestimmt ein Geschenk, und die Federhalter aus Galalith.

Mechanisch zog er eine der Schubladen der Kommode auf und fand einen Karton ohne Deckel, in dem Amateuraufnahmen lagen.

»Mein Bruder hat einen Fotoapparat.«

Junge Leute mit Studentenmützen. Joseph auf dem Motorrad, die Hand am Starter, wie kurz vor einem furiosen Rennen. Anna am Klavier. Ein anderes Mädchen, schlanker und trauriger …

»Das ist meine Schwester Maria.«

Und dann kam plötzlich ein kleines Passbild zum Vorschein, unvorteilhaft wie alle Bilder dieser Art, durch den harten Kontrast von Schwarz und Weiß.

Ein Mädchen, so zierlich und schmal, dass es wie ein Kind wirkte. Riesengroße Augen. Sie trug einen lächerlichen Hut und schien ängstlich in die Kamera zu blicken.

»Das ist Germaine, nicht wahr?«

Ihr Sohn ähnelte ihr.

»War sie krank?«

»Sie hatte Tuberkulose. Sie war nicht sehr gesund.«

Aber Anna war es! Sie war groß und kräftig und von einer geradezu bestürzenden physischen wie psychischen Ausgewogenheit. Endlich hatte sie die Hose auf die gesteppte Tagesdecke gelegt.

»Ich komme gerade von den Piedbœufs …«

»Was haben sie gesagt? Sie haben sicher …«

»Ich habe nur mit einer Hebamme gesprochen … und den Kleinen gesehen.«

Sie stellte keine Fragen, als ob sie sich schämte.

»Ist Ihr Zimmer nebenan?«

»Ja. Ich teile es mit meiner Schwester.«

Der Kommissar öffnete die Verbindungstür. Das andere Zimmer war heller, denn die Fenster gingen auf den Quai. Das Bett war schon gemacht. Es herrschte penible Ordnung. Nicht ein Kleidungsstück lag herum.

Nur zwei sorgfältig zusammengelegte Nachthemden auf den Kopfkissen.

»Sie sind fünfundzwanzig?«

»Sechsundzwanzig.«

Maigret wollte sie etwas fragen, wusste aber nicht, wie er es anfangen sollte.

»Sind Sie nie verlobt gewesen?«

»Nein.«

Aber das war es eigentlich nicht, was er hatte fragen wollen. Er war von ihr beeindruckt – zumal jetzt, da er ihr Zimmer sah. Sie beeindruckte ihn wie die Statue einer Sphinx. Er fragte sich, ob sie schon einmal geliebt hatte, ob sich unter ihrer kühlen Beherrschtheit Leidenschaft verbarg. Ob sie jemals etwas anderes gewesen war als die ergebene Schwester, die vorbildliche Tochter, die perfekte Hausfrau, eine Peeters, ob hinter der Fassade eine Frau zum Vorschein kommen würde!

Sie wandte den Blick nicht ab, entzog sich nicht. Sie spürte gewiss, dass er ihre Figur betrachtete, ihr Gesicht, zuckte aber nicht mit der Wimper.

»Außer mit unseren Verwandten, den Van de Weerts, verkehren wir mit niemandem …«

Maigret zögerte, und er klang befangen, als er sagte:

»Ich möchte Sie bitten, sich für ein Experiment zur Verfügung zu stellen. Würden Sie ins Esszimmer hinuntergehen und Klavier spielen, bis ich Sie rufe? Möglichst dasselbe Stück wie am 3. Januar. Wer hat an dem Tag gespielt?«

»Marguerite. Sie singt und begleitet sich dazu auf dem Klavier. Sie hat Gesangsstunden genommen.«

»Erinnern Sie sich an das Stück?«

»Es ist immer dasselbe: *Solveigs Lied* … Aber … Ich … Ich verstehe nicht …«

»Bloß ein Experiment …«

Sie ging rückwärts hinaus und wollte die Tür hinter sich schließen.

»Nein, lassen Sie sie offen!«

Ein paar Augenblicke später wanderten ihre Finger nachlässig über die Tasten und leierten einzelne Akkorde herunter. Maigret verlor keine Zeit und öffnete die Schränke im Zimmer der beiden Mädchen.

Der erste war der Wäscheschrank. Sorgfältig gebügelte Hemden, Hosen und Unterröcke waren darin gestapelt. Die Akkorde verbanden sich. Man erkannte die Melodie, und Maigrets grobe Finger tasteten sich durch die Wäsche aus weißer Baumwolle. Man hätte ihn für einen Liebenden halten können, oder sogar für einen Mann, der einer heimlichen Leidenschaft nachging.

Schlichte, solide Wäsche aus festem Stoff. Die jungen Frauen bewahrten ihre Wäsche nicht getrennt auf.

Dann zog er ein Schubfach heraus, in dem Strumpfhalter und Schachteln mit Haarnadeln lagen. Kein Puder … Kein Parfum, außer einem Flakon Eau de Cologne, das sicherlich nur bei besonderen Anlässen benutzt wurde.

Die Musik wurde lauter und erfüllte bald das ganze Haus. Dann setzte eine Stimme ein, begleitete das Klavier, bis sie nach und nach dominierte:

Mein holder Verlobter,
gewiss, du wirst mein …

Es war nicht Marguerite, die sang. Es war Anna Peeters! Sie arbeitete jede Silbe heraus, betonte bestimmte Zeilen voller Sehnsucht.

Maigrets Finger fuhren weiterhin durch die Wäschestapel, bis es auf einmal raschelte. Das war kein Stoff, es musste Papier sein. Noch eine Fotografie. Ein Porträt in Sepia, aufgenommen von einem Laien, das einen jungen Mann mit lockigem Haar und feinen Gesichtszügen zeigte, die Oberlippe vorgeschoben zu einem selbstbewussten Lächeln, das ins Ironische spielte.

Maigret wusste nicht, an wen ihn das Bild erinnerte, aber es erinnerte ihn an jemanden.

Ich hab' es versprochen,
ich harre treulich dein …

Eine dunkle Stimme, die langsam verhallte. Dann ein Rufen:

»Soll ich weiterspielen, Herr Kommissar?«

Er schloss die Schranktüren, steckte das Foto in die Jackentasche und eilte in Josephs Zimmer.

»Nein, das genügt.«

Anna war blass, als sie zurückkam. Hatte sie zu viel Leidenschaft in ihren Gesang gelegt? Ihre Augen wanderten durch das Zimmer, konnten aber keine Veränderung entdecken.

»Ich verstehe das immer noch nicht … Aber ich

möchte Sie etwas fragen, Herr Kommissar. Sie haben Joseph gestern Abend gesehen. Was halten Sie von ihm? Glauben Sie, er wäre fähig …«

Sie hatte – wahrscheinlich unten im Esszimmer – das Kopftuch abgenommen. Maigret hatte den Eindruck, dass sie sich sogar die Hände gewaschen hatte.

»Es ist unbedingt notwendig«, fuhr sie fort, »alle davon zu überzeugen, dass er den Mord nicht begangen hat. Er muss glücklich werden!«

»Mit Marguerite Van de Weert?«

Sie antwortete nicht darauf, sondern seufzte nur.

»Wie alt ist Ihre Schwester Maria?«

»Achtundzwanzig. Niemand zweifelt daran, dass sie Direktorin der Klosterschule in Namur wird.«

Maigret tastete nach dem Foto in seiner Tasche.

»Ist sie in jemanden verliebt?«

Sofort entgegnete sie:

»Maria?«

Als wollte sie sagen: Da kennen Sie sie aber schlecht!

»Ich werde meine Untersuchung fortsetzen«, sagte Maigret und verließ das Zimmer.

»Haben Sie schon etwas herausbekommen?«

»Ich weiß es nicht.«

Sie folgte ihm die Treppe hinunter. In der Küche saß der alte Peeters in seinem Korbsessel. Er schien den Kommissar gar nicht zu sehen.

»Er nimmt kaum noch etwas wahr«, sagte Anna und seufzte.

Drei oder vier Kunden standen im Laden. Madame Peeters goss Genever in kleine Gläser. Sie grüßte Maigret, indem sie sich leicht verneigte, ohne jedoch die Flasche abzustellen, dann sprach sie weiter auf Flämisch.

Vermutlich erklärte sie, der Besucher sei der Kommissar aus Paris, denn die Schiffer sahen respektvoll zu Maigret hin.

Draußen war Inspektor Machère damit beschäftigt, ein Stück Boden zu untersuchen, wo die Erde besonders locker war.

»Neuigkeiten?«, fragte der Kommissar.

»Bis jetzt nicht. Ich suche immer noch nach der Leiche! Solange wir die nicht gefunden haben, werden wir diese Leute nicht zu fassen bekommen …«

Und er blickte auf die Maas, als wollte er sagen, dass sie die Leiche nicht mit sich genommen habe.

4
Das Porträt

Es war kurz nach zwölf. Wohl zum vierten Mal an diesem Tag ging Maigret am Ufer entlang. Auf der gegenüberliegenden Seite der Maas ragte eine weiß gekalkte Fabrikmauer auf, mit einem Tor, aus dem Dutzende Arbeiter und Arbeiterinnen zu Fuß oder auf Rädern herausströmten.

Hundert Meter vor der Brücke begegneten sie sich. Der Kommissar blickte einem jungen Mann ins Gesicht, und als er sich nach ihm umdrehte, hatte sich auch der andere umgewandt.

Es war der junge Mann auf dem Foto, das er zwischen Annas Wäschestücken gefunden hatte.

Ein kurzes Zögern. Dann ging er einen Schritt auf Maigret zu.

»Sind Sie nicht der Polizist aus Paris?«

»Und Sie sind Gérard Piedbœuf, vermute ich.«

Der Polizist aus Paris. Es war schon das fünfte oder sechste Mal seit Tagesanbruch, dass man Maigret so genannt hatte. Und er wusste es sehr wohl zu deuten. Sein Kollege Machère aus Nancy war vor Ort, um zu ermitteln, nicht mehr und nicht weniger.

Man traf ihn hier und dort, und wenn man glaubte, etwas zu wissen, lief man hin und sagte es ihm.

Maigret dagegen war der »Polizist aus Paris«, den die Flamen ausdrücklich hatten kommen lassen, damit er sie von jedem Verdacht reinwusch. Und auf der Straße folgten ihm die Blicke jener Leute, die ihn schon kannten, ohne die geringste Spur von Sympathie.

»Waren Sie gerade bei uns?«

»Ich war schon sehr früh am Morgen bei Ihnen zu Hause und habe nur Ihren Neffen gesehen.«

Gérard sah nicht mehr ganz so jung aus wie auf dem Foto. Wenn seine Art sich zu geben, zu kleiden und zu frisieren auch noch sehr jugendlich wirkte, so erkannte man doch von Nahem, dass er die fünfundzwanzig überschritten hatte.

»Haben Sie mir etwas zu sagen?«

Er litt jedenfalls nicht unter Schüchternheit. Kein einziges Mal wandte er den Blick ab. Seine leuchtenden braunen Augen mussten den Frauen einfach gefallen, ebenso wie sein matter Teint und seine geschwungenen Lippen.

»Ich habe ja erst eben mit meiner Untersuchung begonnen …«

»Im Auftrag der Peeters, ich weiß. Die ganze Stadt weiß es! Man wusste es schon vor Ihrer Ankunft. Sie sind ein Freund der Familie, und Sie machen sich stark für …«

»Nichts und niemanden! Ach, Ihr Vater steht gerade auf …«

Sie konnten das kleine Haus ausmachen. Im ersten Stock wurden die Rollos hochgezogen, und hinter der Scheibe zeichnete sich der Umriss eines Mannes mit einem dichten grauen Schnurrbart ab, der hinausblickte.

»Er hat uns gesehen«, sagte Gérard. »Er wird sich anziehen und …«

»Kennen Sie die Peeters persönlich?«

Sie gingen den Quai entlang und kehrten jedes Mal um, wenn sie den Poller erreicht hatten, der hundert Meter vom Laden der Peeters entfernt stand. Es war frisch. Gérard trug einen zu dünnen Mantel, sicher weil ihm der taillierte Schnitt so gut gefiel.

»Was meinen Sie damit?«

»Seit drei Jahren ist Ihre Schwester die Geliebte von Joseph Peeters. Ist sie zu ihm gegangen?«

Gérard zuckte mit den Schultern.

»Ach, wenn man das in allen Einzelheiten schildern wollte! Kurz vor der Geburt hat Joseph geschworen, er werde sie heiraten. Dann ist Doktor Van de Weert im Auftrag der Peeters erschienen und hat zehntausend Franc geboten, damit meine Schwester die Stadt für immer verlässt … Gleich nachdem Germaine sich von der Geburt erholt hatte, ist sie zu den Peeters gegangen, um ihnen das Kind zu zeigen. Es gab eine furchtbare Szene, man wollte sie nicht hereinlassen, und die Alte hat sie wie eine Hure behandelt. Schließlich haben sich die Wogen geglättet. Joseph versprach weiter, sie zu heiraten. Aber erst nach seinem Studium …«

»Und Sie?«

»Ich?«

Er tat, als hätte er nicht verstanden, besann sich aber rasch und setzte ein eitles, ironisches Lächeln auf.

»Was hat man Ihnen denn erzählt?«

Während sie weiterhin den Quai entlanggingen, zog Maigret die Fotografie aus seiner Tasche und zeigte sie Gérard.

»Na so was! Wenn ich geahnt hätte, dass es das noch gibt!«

Er griff danach, aber der Kommissar steckte das Bild zurück in seine Brieftasche.

»Hat sie es Ihnen …? Nein, das ist nicht möglich. Dafür ist sie zu stolz. Zumindest jetzt!«

Und während der ganzen Unterhaltung beobachtete Maigret seinen Begleiter. War er auch tuberkulös wie seine Schwester und wie es wohl auch Josephs Sohn war? Schwer zu sagen. Doch hatte er dieses Verführerische mancher Lungenkranker: feine Züge, eine durchscheinende Haut, sinnliche Lippen und zugleich einen spöttischen Zug um den Mund.

Seine Eleganz war die eines kleinen Angestellten, der es für angebracht hielt, einen Trauerflor an seinem beigefarbenen Mantel zu tragen.

»Haben Sie ihr den Hof gemacht?«

»Das ist eine alte Geschichte aus der Zeit, bevor meine Schwester das Kind hatte. Mindestens vier Jahre her …«

»Erzählen Sie.«

»Da ist ja mein Vater. Er will sicher schauen, was los ist …«

»Erzählen Sie trotzdem.«

»Es war ein Sonntag. Germaine wollte mit Joseph Peeters einen Ausflug zu den Grotten von Rochefort unternehmen. Im letzten Augenblick haben sie mich gebeten, mitzufahren, weil eine der Schwestern ebenfalls mitkommen würde. Die Grotten sind fünfundzwanzig Kilometer von hier entfernt. Wir haben im Gras gepicknickt, ich war guter Dinge, und dann sind die beiden Paare getrennt voneinander im Wald spazieren gegangen …«

Maigrets Blick ruhte weiterhin auf ihm, ohne etwas von seinen Gedanken preiszugeben.

»Und dann?«

»Nun ja …«

Und Gérard lächelte selbstgefällig und boshaft.

»Ich könnte nicht einmal mehr sagen, wie es dazu gekommen ist. Ich fackele nicht lange. Sie war nicht darauf gefasst, und dann …«

Maigret legte ihm die Hand auf die Schulter und fragte eindringlich:

»Ist das wahr?«

Und er begriff, dass es die Wahrheit war. Anna war damals einundzwanzig Jahre alt …

»Und danach?«

»Nichts! Sie ist zu hässlich … Auf der Rückfahrt im Zug blickte sie mich unentwegt an, und da wurde mir klar, dass es das Beste wäre, sich nicht weiter mit ihr einzulassen.«

»Hat sie nicht versucht …«

»Nein, nie! Ich bin ihr aus dem Weg gegangen. Sie hat gespürt, dass es keinen Zweck hatte … Aber wenn wir uns auf der Straße begegneten, traf mich ihr Blick wie aus dem Lauf eines Revolvers.«

Sie näherten sich dem alten Piedbœuf, der ohne Hemdkragen und in Filzpantoffeln auf sie wartete.

»Man hat mir gesagt, Sie wären heute Morgen schon einmal bei uns gewesen. Treten Sie bitte ein. Hast du dem Herrn Kommissar schon alles erzählt, Gérard?«

Maigret zwängte sich ins Treppenhaus, dessen unbehandelte Holzstufen nicht sehr stabil wirkten. Die Küche diente auch als Ess- und Wohnzimmer. Es war ein hässlicher, ärmlich eingerichteter Raum. Auf dem Tisch lag eine blau gemusterte Wachstuchdecke.

»Wer hätte sie umbringen sollen?«, platzte Piedbœuf heraus. Er schien nicht allzu intelligent zu sein. »Sie ist an dem Abend weggegangen, weil sie ihren Unterhalt noch nicht bekommen und überhaupt nichts von Joseph gehört hatte. So hat sie es mir gesagt.«

»Ihren Unterhalt?«

»Ja! Er hat jeden Monat hundert Franc für das Kind gezahlt. Das ist ja wohl das Mindeste, und …«

Gérard, der merkte, dass sein Vater das altbekannte Klagelied anstimmen wollte, unterbrach ihn:

»Das interessiert den Kommissar nicht! Er braucht Tatsachen, Beweise! Ich habe immerhin den Beweis, dass Joseph Peeters, der behauptet, an dem Tag nicht in Givet gewesen zu sein, doch hier war. Er ist nämlich mit dem Motorrad gekommen und …«

»Sie sprechen von der Zeugenaussage? Die ist nichts mehr wert. Ein Motorradfahrer hat sich gemeldet und versichert, er sei um kurz nach acht den Quai entlanggefahren.«

»Ach.«

Und aggressiv:

»Sind Sie gegen uns?«

»Ich bin weder für jemanden noch gegen jemanden. Ich suche die Wahrheit.«

Gérard grinste und sagte mit fester Stimme zu seinem Vater:

»Der Kommissar ist nur hergekommen, um uns

zu überführen. Entschuldigen Sie, Herr Kommissar, aber ich muss jetzt etwas essen. Ich muss schließlich meinen Lebensunterhalt verdienen und um zwei Uhr wieder im Büro sein.«

Wozu streiten? Maigret schaute sich noch einmal um, erhaschte einen Blick auf das Gitterbettchen im Nebenzimmer und ging dann zur Tür.

Machère erwartete ihn im Hôtel de la Meuse. Die Handelsreisenden nahmen ihr Mittagessen in einem kleinen Saal ein, der durch eine Glastür vom Café getrennt war.

Auch im Café konnte man eine Kleinigkeit essen, und dort saßen einige Gäste an Tischen ohne Tischdecke. Machère war nicht allein. Ein kleiner buckliger Mann mit ungeheuer breiten Schultern und langen Armen trank einen Aperitif und erhob sich, als der Kommissar hereinkam.

»Der Besitzer der Étoile Polaire«, sagte der Inspektor ein wenig beschwingt, »Gustave Cassin.«

Maigret setzte sich. Ein Blick auf die Untersetzer verriet ihm, dass die beiden schon bei ihrem dritten Aperitif waren.

»Cassin hat Ihnen etwas zu berichten …«

Der Mann konnte es kaum erwarten, dass Machère seinen Satz beendete. Sogleich lehnte er sich mit bedeutungsvoller Miene an die Schulter des Kommissars und begann:

»Man muss sagen, was man zu sagen hat, nicht wahr? Aber man braucht es nicht zu sagen, solange man nicht danach gefragt wird … Wie mein seliger Vater zu sagen pflegte: ›Gemach, gemach!‹«

»Ein Bier!«, rief Maigret dem Kellner zu.

Er schob seinen Hut in den Nacken und knöpfte den Mantel auf. Als der Schiffer nach Worten suchte, murmelte Maigret:

»Wenn ich mich nicht täusche, waren Sie am Abend des 3. Januar vollkommen betrunken.«

»Nicht vollkommen! Das wäre gelogen! Ich hatte ein paar Gläschen getrunken, trotzdem konnte ich noch gerade gehen, und ich habe genau gesehen, was ich gesehen habe.«

»Sie haben also ein Motorrad gesehen, das vor dem Haus der Flamen gehalten hat?«

»Ich? Nie im Leben!«

Machère bedeutete Maigret, den Schiffer nicht zu unterbrechen, und nickte Cassin ermunternd zu.

»Ich habe eine Frau auf dem Quai gesehen … Und ich werde Ihnen sagen, wer es war. Die eine der Schwestern, die, die nie im Laden ist und jeden Tag mit dem Zug fährt …«

»Maria?«

»Mag sein. Eine magere Blonde. Also, es war nicht normal, dass sie bei dem Unwetter draußen war. Es hat so gestürmt, dass die Halteleinen der Boote aufs Wasser klatschten …«

»Um welche Zeit war das?«

»Als ich nach Hause ging, um mich schlafen zu legen. Gegen acht, vielleicht auch etwas später.«

»Hat sie Sie auch gesehen?«

»Nein! Ich habe mich an den Zollschuppen gedrückt. Ich hatte geglaubt, sie würde einen Liebhaber erwarten, und hoffte auf ein bisschen Spaß …«

»Natürlich. Sie sind ja schon zweimal wegen Sittlichkeitsvergehen verurteilt worden.«

Cassin grinste und entblößte eine Reihe fauler Zähne. Man konnte sein Alter nur schwer schätzen. Sein Haar, das ihm bis in die Stirn wuchs, war noch braun, aber sein Gesicht voller Falten.

Er war sehr darauf bedacht, Eindruck zu schinden, und jedes Mal, wenn er einen Satz beendet hatte, blickte er zuerst Maigret, dann Inspektor Machère und schließlich einen Gast an, der hinter ihm stand und der Unterhaltung lauschte.

»Fahren Sie fort!«

»Sie erwartete keinen Liebhaber.«

Nun spürte man sein Zögern. Er trank seinen Aperitif in einem Zug aus und rief dem Kellner zu:

»Noch mal das Gleiche!«

Und er setzte sofort nach:

»Sie vergewisserte sich, dass niemand in der Nähe war. Dann kamen Leute aus dem Haus, aber nicht durch die Ladentür, sondern durch die Hintertür. Sie trugen etwas Langes und warfen es in die Maas, genau zwischen meinem Schiff und dem Deux-Frères, das hinter meinem vertäut liegt.«

»Garçon! Was macht das?«, fragte Maigret und erhob sich. Die Geschichte schien ihn nicht sonderlich zu beeindrucken. Machère war verblüfft, und auch der Schiffer wusste nicht, was er davon halten sollte.

»Kommen Sie bitte mit!«

»Wohin?«

»Das werden Sie schon sehen. Kommen Sie!«

»Aber ich habe doch noch einen Aperitif bestellt.«

Maigret wartete geduldig. Dann sagte er dem Wirt, er werde gleich zum Essen zurück sein, und ging mit dem Saufbold zum Fluss.

Um diese Zeit waren alle bei Tisch und der Quai menschenleer. Es begann dicke Tropfen zu regnen.

»Wo genau haben Sie gestanden?«, fragte der Kommissar.

Er kannte das Zollhaus. Cassin drückte sich an die Mauer.

»Und Sie haben sich nicht weggerührt?«

»Bestimmt nicht. Ich wollte mich nicht einmischen.«

»Warten Sie, ich will mich mal dorthin stellen.«

Maigret blieb nur ein paar Sekunden stehen und sagte dem Mann dann ins Gesicht:

»Sie müssen sich eine andere Geschichte ausdenken, mein Freund.«

»Wie, eine andere Geschichte?«

»Was Sie da erzählen, stimmt nicht. Von dieser Stelle aus kann man weder den Laden noch das Stück Fluss zwischen den beiden Schiffen sehen.«

»Aber ich sage Ihnen doch, es war hier. Ich meine …«

»Schluss jetzt! Das genügt. Wie gesagt, denken Sie sich etwas anderes aus. Und dann kommen Sie zu mir. Und wenn die Geschichte wieder nicht hieb- und stichfest ist, tja, dann müsste man Sie vielleicht noch einmal einsperren.«

Machère traute seinen Ohren nicht. Beschämt darüber, dass er dem Schiffer auf den Leim gegangen war, hatte er sich seinerseits dicht an die Mauer gestellt, um sich von der Richtigkeit dieser Feststellungen zu überzeugen.

»Ja, in der Tat …«, murmelte er.

Cassin hingegen versuchte erst gar nicht, sich zu rechtfertigen. Er hielt den Kopf gesenkt, und man ahnte die Boshaftigkeit und Ironie in seinem Blick.

»Vergiss nicht, was ich dir gerade gesagt habe: eine neue Geschichte, eine glaubwürdige. Andernfalls erwartet dich das Gefängnis! Kommen Sie, Machère.«

Und Maigret machte auf dem Absatz kehrt, stopfte seine Pfeife und ging zur Brücke zurück.

»Glauben Sie, dass Cassin …«

»Ich glaube, er wird uns heute Abend oder morgen einen neuen Beweis für die Schuld der Peeters bringen …«

Inspektor Machère wurde aus all dem nicht mehr schlau.

»Ich verstehe das nicht … Sollte er einen Beweis haben …«

»Er wird ihn haben.«

»Aber woher denn?«

»Was weiß ich? Er wird schon etwas finden …«

»Um sich selbst zu entlasten?«

Aber der Kommissar überging die Frage und murmelte:

»Haben Sie Feuer? Sehen Sie, ich habe schon zwanzig Streichhölzer verbraucht …«

»Ich rauche nicht.«

»Hätte ich mir denken können …«

5

Maigrets Abend

Gegen Mittag hatte es zu regnen begonnen, bei Einbruch der Dunkelheit klatschte der Regen aufs Pflaster, und um acht Uhr sah es aus wie bei einer Sintflut.

Die Straßen von Givet waren wie leer gefegt. Die Schiffe säumten den Quai wie ein glänzendes Band. Maigret hatte den Kragen seines Mantels hochgeschlagen und stapfte eilig zum Haus der Flamen. Er stieß die Tür auf – die ihm vertraute Klingel ertönte –, trat ein und atmete den warmen Duft des Ladens.

Es war die Zeit, zu der Germaine Piedbœuf am 3. Januar in den Laden gekommen und zum letzten Mal gesehen worden war.

Der Kommissar bemerkte, dass die Küche nur durch eine Glastür vom Laden getrennt war. Die Scheibe war mit einer Tüllgardine bespannt, hinter der sich die Umrisse der Personen schemenhaft abzeichneten. Jemand erhob sich.

»Bemühen Sie sich nicht!«, rief er und ging gleich in die Küche, wo sich ihm ein Bild alltäglicher Routine bot. Es war Madame Peeters, die aufgestanden war, um in den Laden zu eilen. Ihr Mann saß in seinem Korbsessel, der wie immer so dicht am Herd stand, dass man fürchten musste, er könnte Feuer fangen. Er hielt seine Meerschaumpfeife mit dem langen Holm aus Kirschholz in der Hand, rauchte aber nicht. Seine Augen waren geschlossen und sein Mund halb geöffnet, während man ihn gleichmäßig atmen hörte. Anna saß an dem sandgeschmirgelten Holztisch, den die Zeit blank poliert hatte. Sie schrieb Zahlen in ein kleines Notizbuch.

»Begleite den Kommissar ins Esszimmer, Anna.«

»Aber nein«, protestierte der. »Ich gehe gleich wieder.«

»Geben Sie mir Ihren Mantel«, bat ihn Madame Peeters.

Und Maigret fiel ihre schöne tiefe Stimme auf, voll und warm; der leichte flämische Akzent verlieh ihr noch mehr Ausdruck.

»Sie trinken doch eine Tasse Kaffee?«

Maigret hätte gern gewusst, womit sie beschäftigt gewesen war, ehe er kam. Er sah eine Nickelbrille und die Tageszeitung an ihrem Platz liegen.

Die Atemzüge des Alten schienen den häuslichen Rhythmus zu bestimmen.

Anna klappte ihr Notizbuch zu, schob eine Kappe über den Bleistift, stand auf und nahm eine Tasse aus dem Regal.

»Darf ich …«

»Ich hatte gehofft, Ihre Schwester Maria kennenzulernen«, sagte Maigret.

Madame Peeters schüttelte traurig den Kopf. Und Anna antwortete:

»Sie werden sie erst in einigen Tagen sehen können, es sei denn, Sie besuchen sie in Namur. Eine ihrer Kolleginnen, die in Givet wohnt, war vorhin hier. Sie hat uns berichtet, dass Maria sich heute Morgen bei einem Sturz auf der Treppe den Knöchel verstaucht hat.«

»Wo ist sie?«

»Im Kloster. Sie kann dort jederzeit ein Zimmer nehmen.«

Madame Peeters seufzte und schüttelte immer noch den Kopf.

»Ich weiß nicht, was wir dem lieben Gott getan haben.«

»Und Joseph?«

»Er wird erst am Samstag wiederkommen. Aber das ist ja schon morgen …«

»Hat Ihre Cousine Marguerite Sie nicht besucht?«

»Nein. Ich habe sie in der Abendmesse gesehen …«

Anna goss dampfend heißen Kaffee in die Tasse. Madame Peeters ging hinaus und kam mit einem kleinen Glas und einer Flasche Genever zurück. Maigret setzte sich. Er hatte die Hoffnung aufgegeben, irgendetwas zu erfahren. Vielleicht war selbst seine Anwesenheit ein Teil des Rätsels.

Das Haus erinnerte ihn an eine Untersuchung, die er in den Niederlanden geleitet hatte. Es gab Unterschiede, gewiss, aber er hätte sie nicht benennen können. Die gleiche Ruhe, die gleiche bleierne Atmosphäre, als wäre die Luft nicht durchlässig, sondern fest, und könnte bei der geringsten Bewegung zerbrechen.

Hin und wieder knarrte der Korbsessel, ohne dass sich der alte Mann bewegt hätte. Noch immer gab sein Atem den Rhythmus des Lebens und der Unterhaltung vor. Anna sagte etwas auf Flämisch, und Maigret, der einige Worte in Delfzijl gelernt hatte, verstand in etwa:

»Du hättest ihm ein größeres Glas geben sollen.«

Hin und wieder klapperte jemand in Holzpantinen am Haus vorbei. Man hörte den Regen gegen das Schaufenster prasseln.

»Sie sagten, es hätte an dem Tag geregnet, nicht wahr? So stark wie heute?«

»Ja … ich glaube …«

Und die beiden Frauen, die sich wieder gesetzt hatten, sahen zu, wie er nach seinem Glas griff und es zum Mund führte.

Anna hatte nicht die feinen Züge ihrer Mutter und auch nicht ihr wohlwollendes, nachsichtiges Lächeln. Wieder ließ sie Maigret nicht aus den Augen.

Hatte sie bemerkt, dass das Foto aus ihrem Zimmer verschwunden war? Wahrscheinlich nicht, sonst wäre sie verlegen gewesen.

»Wir leben schon seit fünfunddreißig Jahren hier, Herr Kommissar«, sagte Madame Peeters. »Mein Mann hatte sich als Korbmacher niedergelassen, hier in diesem Haus, später dann hat er aufgestockt …«

Maigret dachte an etwas anderes. Er dachte an Anna, wie sie vor mehr als vier Jahren mit Gérard Piedbœuf zu den Grotten von Rochefort gefahren war.

Was hatte sie in seine Arme getrieben? Warum hatte sie sich ihm hingegeben? Wie war ihr hinterher zumute gewesen?

Er hatte den Eindruck, das wäre das einzige Abenteuer ihres Lebens gewesen und es würde auch keines mehr folgen …

Der träge Lebensrhythmus in diesem Haus wirkte wie ein magischer Bann, und der Genever breitete dumpfe Wärme unter Maigrets Schädeldecke aus. Er nahm noch das leiseste Geräusch wahr, das Knarren des Korbsessels, das Schnarchen des Alten, das Prasseln der Regentropfen auf dem Fenstersims.

»Könnten Sie mir noch einmal das Stück von heute Morgen vorspielen?«

Und da Anna zögerte, sagte ihre Mutter:

»Ja, natürlich. Sie spielt gut, nicht wahr? Sie hat sechs Jahre lang dreimal wöchentlich Klavierstunden genommen, beim besten Lehrer von Givet.«

Die junge Frau verließ die Küche. Sie ließ die beiden Türen offen stehen. Man hörte, wie sie den Klavierdeckel aufschlug und mit der rechten Hand lustlos ein paar Töne anschlug.

»Sie sollte singen«, murmelte Madame Peeters. »Marguerite singt noch besser. Wir haben sogar daran gedacht, sie aufs Konservatorium zu schicken …«

Die Töne durchdrangen die Stille in dem hellhörigen Haus. Der Alte schlief weiter, und seine Frau, die fürchtete, er könne die Pfeife fallen lassen, nahm sie ihm behutsam aus der Hand und hängte sie an einen Haken an der Wand.

Warum war Maigret noch hier? Hier würde er nichts erfahren. Während Madame Peeters dem Klavierspiel lauschte, blickte sie auf ihre Zeitung, wagte aber nicht, sie wieder zur Hand zu nehmen.

Nach und nach begann Anna, mit der linken Hand die Begleitung zu spielen. Und hier, an diesem Küchentisch, korrigierte Maria wohl die Arbeiten ihrer Schülerinnen.

Das war alles.

Und doch beschuldigte die ganze Stadt die Peeters, an einem regnerischen Abend wie diesem Germaine Piedbœuf ermordet zu haben.

Maigret fuhr zusammen, als die Ladenklingel ging. Einen Augenblick lang war ihm, als wäre es der 3. Januar und Josephs Geliebte träte ein, um die hundert Franc zu fordern, die man ihr jeden Monat für das Kind zahlte.

Aber es war nur ein Schiffer in Ölzeug, der Madame Peeters eine kleine Flasche reichte, die sie ihm mit Genever füllte.

»Acht Franc.«

»Belgische?«

»Französische. Zehn belgische Franc …«

Maigret erhob sich und ging durch den Laden.

»Gehen Sie schon?«

»Ich komme morgen wieder.«

Draußen sah er, wie der Schiffer zu seinem Kahn zurückkehrte. Maigret drehte sich noch einmal um. Mit seinem erleuchteten Schaufenster wirkte das Haus wie eine Theaterkulisse, umso mehr, da die sanfte, gefühlvolle Musik weiterhin herausdrang.

War nicht auch Annas Stimme zu hören?

Mein holder Verlobter,
gewiss, du wirst mein …

Maigret watete durch den Schlamm. Es regnete so heftig, dass seine Pfeife ausging.

Ganz Givet wirkte jetzt wie eine Kulisse. Nachdem der Schiffer verschwunden war, gab es draußen keine Menschenseele mehr. Nur gedämpftes Licht hinter einigen Fenstern und das Tosen der Maas, das allmählich die Klänge des Klaviers übertönte.

Nach zweihundert Metern konnte er gleichzeitig im Hintergrund das Haus der Flamen und im Vordergrund das andere Haus, das der Piedbœufs, sehen.

Im ersten Stock war es dunkel, aber im Flur brannte Licht. Die Hebamme war sicher mit dem Kind allein.

Maigret war schlechter Stimmung. Es kam selten vor, dass ihn das Gefühl übermannte, all seine Anstrengungen seien vergebens.

Was hatte er hier eigentlich verloren? Er war nicht im Dienst! Die Leute beschuldigten die Flamen, eine junge Frau umgebracht zu haben, dabei stand nicht einmal fest, dass sie tatsächlich tot war.

Vielleicht hatte sie ihr klägliches Leben in Givet sattgehabt und war nach Brüssel, Reims oder Paris gegangen, wo sie gerade mit ein paar Bekanntschaften in einer Brasserie saß? Und selbst wenn sie tot wäre, hatte man sie umgebracht? Hatte sie sich nicht vielleicht, als sie enttäuscht und entmutigt den Laden verließ, in ihrer Verzweiflung in den schäumenden Fluss gestürzt?

Nicht ein Beweis! Kein einziges Indiz! So sehr Machère sich auch abmühte, er würde nichts finden, und über kurz oder lang würde die Staatsanwaltschaft den Fall wahrscheinlich zu den Akten legen.

Aber warum ließ Maigret sich dann vor dieser seltsamen Kulisse bis auf die Haut nass regnen?

Genau gegenüber, am anderen Ufer der Maas, sah er die Fabrik, deren Hof nur von einer Lampe erhellt wurde. Neben dem Tor stand ein kleines Pförtnerhaus, in dem ebenfalls Licht brannte.

Der alte Piedbœuf hatte seinen Dienst aufgenommen. Was machte er dort die ganze Nacht?

Und ohne recht zu wissen, warum, ging der Kommissar, die Hände in den Manteltaschen vergraben, zur Brücke. In dem Bistro, in dem er am Morgen einen Grog getrunken hatte, unterhielt sich ein Dutzend Schiffer und Besitzer von Schleppern so laut, dass man sie vom Quai aus hören konnte. Aber Maigret ging nicht hinein.

Der Wind ließ das Stahlgerüst der Brücke erbeben, das die im Krieg zerstörte Steinbrücke ersetzte.

Das Ufer auf der anderen Seite war nicht einmal gepflastert. Man musste durch Matsch waten. Ein streunender Hund schlich an der gekalkten Mauer entlang.

In dem geschlossenen Tor der Fabrik befand sich eine kleine Tür. Und sogleich sah Maigret den alten Piedbœuf, der sein Gesicht an die Scheibe des Pförtnerhauses presste.

»Guten Abend.«

Der Mann trug eine alte, schwarz gefärbte Militärjacke. Auch er rauchte Pfeife, und in der Mitte des Raums stand ein kleiner Ofen, dessen Rohr sich zweimal krümmte, ehe es in der Wand verschwand.

»Sie wissen, dass es untersagt ist …«

»… nachts das Fabrikgelände zu betreten. Schon gut.«

Eine Holzbank, ein Stuhl mit geflochtener Sitzfläche. Maigrets Mantel begann zu dampfen.

»Bleiben Sie die ganze Nacht in diesem Raum?«

»Na, hören Sie mal! Ich muss drei Runden durch die Höfe und die Fabrikhallen machen.«

Von fern wirkte sein dichter grauer Schnurrbart imposant. Aus der Nähe betrachtet aber war Piedbœuf ein schüchterner, in sich gekehrter Mann, der sich seiner niedrigen Stellung nur allzu bewusst war. Maigret beindruckte ihn. Er wusste nicht, was er sagen sollte.

»Jedenfalls sind Sie immer allein. Nachts hier, vormittags in Ihrem Bett … und am Nachmittag?«

»Da kümmere ich mich um den Garten.«

»Um den der Hebamme?«

»Ja. Wir teilen uns das Gemüse.«

Maigret bemerkte etwas Rundes in der Asche. Er stocherte mit dem Schüreisen darin, fand ein paar ungeschälte Kartoffeln und verstand. Er stellte sich vor, wie Piedbœuf hier ganz allein mitten in der Nacht seine Kartoffeln aß und dabei ins Leere starrte.

»Besucht Ihr Sohn Sie manchmal?«

»Nein, nie.«

Auch hier hörte man, wie die Regentropfen niederprasselten. Sie verliehen dem Leben einen unregelmäßigen Rhythmus.

»Glauben Sie wirklich, dass Ihre Tochter ermordet worden ist?«

Der Mann antwortete nicht gleich. Er wusste nicht, wohin er blicken sollte.

»Seitdem Gérard …«

Und plötzlich mit einem erstickten Schluchzen:

»Sie hätte sich niemals das Leben genommen … Sie wäre niemals weggelaufen …«

Das hatte etwas unerwartet Tragisches. Der alte Piedbœuf stopfte mechanisch seine Pfeife.

»Wenn ich nicht glauben würde, dass diese Leute …«

»Kennen Sie Joseph Peeters gut?«

Piedbœuf wandte den Kopf ab.

»Ich wusste, dass er sie nicht heiraten würde. Das sind reiche Leute … Und wir …«

An der Wand funkelte eine elektrische Uhr, der einzige Luxus in diesem kargen Raum. Gegenüber hing eine schwarze Tafel, auf der mit Kreide geschrieben stand: *Keine freien Arbeitsplätze.*

Neben der Tür schließlich eine komplizierte

Stechuhr, die mittels eines großen Rades registrierte, wann die Arbeiter kamen und gingen.

»Es ist Zeit für meine Runde ...«

Maigret hätte fast vorgeschlagen, ihn zu begleiten, um noch etwas tiefer in das Leben dieses Mannes einzudringen. Piedbœuf zog einen unförmigen Regenmantel an, der ihm bis auf die Schuhe fiel, nahm aus einer Ecke eine Sturmlaterne, die bereits brannte, sodass er nur noch den Docht herausdrehen musste.

»Ich verstehe nicht, warum Sie gegen uns sind. Aber vielleicht ist es ganz natürlich. Gérard sagt, dass ...«

Der Regen unterbrach ihr Gespräch, denn sie waren inzwischen auf den Hof hinausgegangen. Piedbœuf geleitete seinen Gast bis zum Tor, das er wieder abschließen würde, bevor er seine Runde machte.

Die Gitterstäbe teilten die Landschaft in gleich große Abschnitte: die am anderen Ufer vertäuten Lastkähne, das Haus der Flamen und sein erleuchtetes Schaufenster, den Quai, auf den die Laternen alle fünfzig Meter ihre Lichtkegel warfen. Deutlich erkannte man das Zollhaus, das Café des Mariniers ...

Aber vor allem sah man die Ecke jener Gasse, in der das zweite Haus links das der Piedbœufs war.

Am 3. Januar ...

»Ist Ihre Frau schon lange tot?«

»Im nächsten Monat werden es zwölf Jahre. Sie ist an der Schwindsucht gestorben.«

»Was macht Gérard um diese Zeit?«

Die Laterne schwang am ausgestreckten Arm des Nachtwächters hin und her. Er hatte bereits den großen Schlüssel in das Schloss gesteckt. In der Ferne pfiff ein Zug.

»Er ist sicher in der Stadt.«

»Wissen Sie vielleicht, wo?«

»Die jungen Leute treffen sich meistens im Café de la Mairie.«

Und Maigret trat wieder in den Regen und in die Dunkelheit hinaus. Das hier waren keine Ermittlungen; ihm fehlten Ansatzpunkte, irgendeine Grundlage.

In dieser kleinen windumtosten Stadt war Maigret bisher nur einer Handvoll Menschen begegnet, von denen jeder sein eigenes Leben führte.

Vielleicht waren sie alle aufrichtig. Vielleicht verbarg sich unter ihnen aber auch eine gequälte Seele, die sich zu Tode ängstigte bei dem Gedanken an die große dunkle Gestalt, die in dieser Nacht durch die Straßen strich.

Maigret kam an seinem Hotel vorbei, ging aber nicht hinein. Durch die Scheiben sah er Inspektor Machère, der inmitten einer Gruppe, zu der auch der Wirt gehörte, große Reden schwang. Wahrscheinlich hatten sie bereits die vierte oder fünfte Runde Schnaps hinter sich. Gleich würde der Wirt noch eine spendieren.

Machère, der sehr beschwingt wirkte, gestikulierte wild. Maigret konnte sich denken, was er sagte: »Dieser Kommissar aus Paris … Was bildet der sich eigentlich ein …«

Und dann waren die Flamen dran. Kein gutes Haar ließ man an ihnen.

Eine der schmalen Straßen mündete in einen weitläufigen Platz. An einer Ecke lag ein Café mit weißer Fassade und drei hell erleuchteten Fenstern: das Café de la Mairie.

Gemurmel empfing einen, kaum dass man die Tür geöffnet hatte. Eine Theke mit Zinkbeschlag. Kartenspieler an Tischen, die mit rotem Filz bezogen waren. Pfeifen- und Zigarettenrauch, und der säuerliche Geruch von abgestandenem Bier.

»Zwei Bier!«

Klingelnde Münzen auf dem marmornen Kassentisch.

»Hier, bitte!«

Maigret setzte sich an den erstbesten Tisch und entdeckte Gérard Piedbœuf in einem der beschlagenen Spiegel an der Wand. Gérard war ebenso beschwingt wie Machère. Als er den Kommissar bemerkte, verstummte er. Er musste seine Begleiter mit dem Fuß angestoßen haben.

Ein junger Mann und zwei junge Frauen, wahrscheinlich Arbeiterinnen aus der Fabrik, saßen mit ihm am Tisch. Die Mädchen waren etwa im gleichen Alter.

Alle schwiegen. Selbst die Kartenspieler sagten ihre Punkte leise an. Alle Blicke waren auf den Neuankömmling gerichtet.

»Ein Bier, bitte!«

Maigret steckte seine Pfeife an und legte den triefenden Hut auf die mit braunem Kunstleder bezogene Bank.

Gérard Piedbœuf setzte ein ironisches, verächtliches Lächeln auf und murmelte:

»Der Freund der Flamen …«

Auch er hatte getrunken. Seine Augen glänzten, und die roten Lippen betonten noch die Blässe seines Gesichts. Man spürte, wie erregt er war.

Er beobachtete das Geschehen, suchte nach den richtigen Worten, um sich in Szene zu setzen.

»Weißt du, Nini«, sagte er, »wenn man reich ist, hat man nichts von der Polizei zu befürchten …«

Sein Freund stieß ihn mit dem Ellbogen an, um ihn zum Schweigen zu bringen, aber das stachelte ihn nur noch mehr an.

»Was denn, was denn? Darf man nicht mehr sagen, was man denkt? Und ich sage es noch einmal, die Polizei steht den Reichen zur Seite, aber sobald du arm bist …«

Er war kreidebleich. Im Grunde erschreckten ihn seine eigenen Worte, aber jetzt, da ihn alle anstarrten, konnte er nicht mehr zurück.

Maigret strich den Schaum von seinem Bier und nahm einen großen Schluck. Die Kartenspieler begannen zu murmeln, um die Stille zu unterbrechen:

»Terz!«

»Bauern-Carré!«

»Du kommst!«

»Mein Stich.«

Die beiden Arbeiterinnen wagten nicht, sich nach dem Kommissar umzudrehen, sondern betrachteten ihn im Spiegel.

»Man könnte glauben, es wäre ein Verbrechen, in Frankreich Franzose zu sein. Zumal, wenn man arm ist …«

Hinter der Kasse runzelte der Wirt die Stirn und bedeutete Maigret mit einem Blick, dass der junge Mann betrunken war. Aber der Kommissar achtete nicht auf ihn.

»Und Pik! Und noch mal Pik! Damit habt ihr nicht gerechnet, was? Und noch mal Pik! Das habt ihr nicht erwartet, was?«

»Leute, die durch Schmuggel ein Vermögen gemacht haben«, fuhr Gérard mit lauter Stimme fort, damit es alle hörten. »Jeder in Givet weiß das. Vor dem Krieg waren es Zigarren und Spitze. Jetzt, da Alkohol in Belgien verboten ist, verkaufen sie den flämischen Schiffern Genever. Und so kann ihr Sohn Rechtsanwalt werden. Haha! Gut für ihn, dann kann er sich ja selbst verteidigen …«

Maigret saß allein an seinem Tisch und zog alle Blicke auf sich. Er hatte seinen Mantel anbehalten, der an den Schultern nass glänzte.

Der Wirt wurde unruhig, befürchtete einen Eklat und ging auf den Kommissar zu.

»Bitte, achten Sie nicht auf ihn. Er ist betrunken, und der Kummer …«

»Lass uns gehen, Gérard«, flüsterte das Mädchen, das neben ihm saß, verängstigt.

»Damit er glaubt, ich hätte Angst vor ihm?«

Er kehrte Maigret noch immer den Rücken zu. Sie sahen sich nur im Spiegel.

Die Kartenspieler waren nicht mehr bei der Sache und vergaßen sogar, die Punkte auf die Tafeln zu schreiben.

»Garçon! Einen Cognac!«

Der Wirt war nahe daran, ihn Gérard zu verweigern, wagte es dann aber doch nicht, zumal Maigret immer noch so tat, als bemerkte er ihn gar nicht.

»Eine große Schweinerei ist das! Diese Leute amüsieren sich mit unseren Mädchen, und sobald sie genug haben, bringen sie sie einfach um. Und die Polizei …«

Der Kommissar stellte sich den alten Piedbœuf vor, wie er in seiner schwarz gefärbten Militärjacke im Schein der Sturmlaterne das Fabrikgelände abschritt und dann in seinen warmen Winkel zurückkehrte, um seine Kartoffeln zu essen.

Gegenüber, im Haus der Piedbœufs, hatte die Hebamme das Kind sicher schon zu Bett gebracht und las die Zeitung oder strickte, ehe es auch für sie Zeit war, schlafen zu gehen …

Weiter hinten am Quai der Laden der Flamen. Der alte Peeters, den man weckte und in sein Zimmer führte, Madame Peeters, die die Rollos herabließ, Anna, die sich, ganz allein, in ihrem Zimmer auszog …

Und die schlafenden Lastkähne, die auf dem Strom schaukelten, der immerzu an den Halteleinen riss, die Ruder knarzen und die Beiboote knirschen ließ, während sie gegeneinanderschlugen.

»Noch ein Bier!«

Maigrets Stimme war ruhig. Er rauchte bedächtig und schickte kleine Schwaden zur Decke.

»Seht ihr, wie er mich verspottet? Genau das tut er, er verspottet mich!«, rief Gérard.

Der Wirt wusste nicht mehr ein und aus. Ein Eklat schien unvermeidbar.

Denn bei den letzten Worten hatte Gérard sich erhoben und stand Maigret nun gegenüber. Er presste die Lippen aufeinander, das Gesicht wutverzerrt.

»Ich sage euch, er ist nur hergekommen, um uns

zu verspotten. Seht ihn euch an! Er mokiert sich über uns, nur weil ich etwas getrunken habe – oder eher noch, weil wir kein Geld haben …«

Maigret rührte sich nicht. Er blieb so starr und kühl wie die Marmorplatte seines Tisches. Es war ungeheuerlich! Er hielt das Glas in der Hand und rauchte weiter.

»Karo Trumpf!«, sagte jemand in der Hoffnung, die Anspannung zu lösen.

Da wischte Gérard die Spielkarten vom Tisch und ließ sie durch die Luft wirbeln.

Im selben Augenblick war die Hälfte der Gäste aufgesprungen. Sie kamen nicht näher, schienen aber bereit, jederzeit einzugreifen.

Maigret blieb sitzen. Maigret rauchte.

»Seht ihn euch doch an! Er verspottet uns! Er weiß genau, dass meine Schwester ermordet worden ist …«

Dem Wirt wurde himmelangst. Die beiden jungen Frauen an Gérards Tisch blickten sich entsetzt an und schienen abzuschätzen, wie schnell sie an der Tür sein konnten.

»Er traut sich nicht, etwas zu sagen! Seht doch, er wagt nicht, den Mund aufzumachen! Er hat Angst, ja Angst, dass man die Wahrheit ans Licht bringen könnte!«

»Ich schwöre Ihnen, er ist betrunken!«, rief der Wirt, als Maigret aufstand.

Zu spät! Von allen im Raum hatte Gérard wahrscheinlich die größte Angst.

Diese mächtige, dunkle und durchnässte Gestalt, die auf ihn zuschritt …

Im dem Augenblick, da Gérards rechte Hand in seine Tasche griff, schrie eine Frau laut auf.

Der junge Mann hatte einen Revolver herausziehen wollen. Aber die Hand des Kommissars hatte die Waffe bereits gepackt, und sein Fuß hatte sich vorgeschoben, sodass Gérard darüberstolperte und hinfiel.

Nur wenige Gäste hatten begriffen, was geschehen war. Trotzdem standen jetzt alle. Maigret hielt den Revolver in der Hand. Mit hasserfülltem Gesicht versuchte Gérard, wieder auf die Füße zu kommen. Er schämte sich seiner Niederlage.

Und während der Kommissar den Revolver ruhig und wie selbstverständlich in seine Tasche schob, keuchte der junge Mann:

»Jetzt verhaften Sie mich, was?«

Er stand noch nicht wieder, musste sich mit beiden Händen abstützen und bot einen jämmerlichen Anblick.

»Geh nach Hause und schlaf dich aus«, erwiderte Maigret langsam.

Und da der andere nicht zu verstehen schien, rief er:

»Öffnet die Tür!«

Kalte Luft drang in den stickigen Raum. Maigret fasste Gérard an der Schulter und schob ihn zur Tür hinaus.

»Geh nach Hause und leg dich schlafen!«

Die Tür fiel ins Schloss. Es gab nun einen Gast weniger: Gérard Piedbœuf.

»Er ist sturzbetrunken«, brummte Maigret und setzte sich wieder vor sein Bierglas.

Die Gäste waren unschlüssig. Einige hatten sich wieder gesetzt. Andere zögerten noch. Nachdem Maigret einen Schluck Bier getrunken hatte, sagte er mit einem Seufzer:

»Das hat weiter nichts zu bedeuten!«

Daraufhin wandte er sich an den Spieler am Nebentisch, der gar nichts mehr verstand:

»Sie hatten Karo angesagt …«

6

Der Hammer

Maigret hatte beschlossen auszuschlafen. Nicht etwa aus Faulheit, sondern um sich die Zeit zu vertreiben. Es war gegen zehn Uhr, als er auf unangenehme Weise geweckt wurde.

Zuerst klopfte es heftig an der Tür, was er ganz besonders verabscheute. Und dann hörte er im Halbschlaf den Regen auf den Balkon niederprasseln.

»Wer ist da?«

»Machère.«

Der Inspektor posaunte seinen Namen heraus, als hätte er einen Sieg zu verkünden.

»Kommen Sie rein … Ziehen Sie die Vorhänge auf …«

Und Maigret, der im Bett liegen blieb, sah das fahle Licht eines trüben Tages hereinströmen. Unten feilschte eine Fischhändlerin mit dem Hoteldirektor um ihre Ware.

»Es gibt Neuigkeiten!«, sagte Machère. »Ich habe die Nachricht heute mit der ersten Post erhalten.«

»Einen Moment, bitte. Würden Sie die Treppe hinunterrufen, dass man mir mein Frühstück bringen soll? Es gibt hier nämlich nicht einmal eine Klingel.«

Noch im Bett steckte sich Maigret eine Pfeife an, die bereits gestopft in Reichweite lag.

»Neuigkeiten über wen?«

»Über Germaine Piedbœuf.«

»Ist sie tot?«

»Mausetot!«

Machère schien geradezu begeistert darüber zu sein und zog ein Schriftstück hervor, das aus vier großen Bögen bestand und mit etlichen Stempeln versehen war.

»An das Innenministerium in Brüssel, übermittelt von der Staatsanwaltschaft in Huy.

An die Sûreté Générale in Paris, übermittelt vom Innenminister.

An die Außenstelle der Kriminalpolizei in Nancy, übermittelt von der Sûreté Générale in Paris.

An Inspektor Machère in Givet, übermittelt von …«

»Machen Sie es nicht so spannend!«

»Also gut, kurz gesagt, man hat sie in Huy aus der Maas gefischt. Das heißt, etwa hundert Kilometer von hier entfernt. Schon vor fünf Tagen. Man hat sich nicht sofort daran erinnert, dass ich die belgische Polizei um Auskunft gebeten hatte … Aber ich werde Ihnen das Schreiben vorlesen …«

»Darf ich eintreten?«

Es war das Zimmermädchen, das Kaffee und Croissants brachte. Als es wieder gegangen war, fuhr Machère fort:

»Heute, am 26. Januar 19…«

»Nein, mein Lieber, kommen Sie zur Sache …«

»Nun, es scheint fast sicher, dass sie ermordet worden ist. Es ist nicht mehr bloß eine Vermutung, sondern Gewissheit. Hören Sie:

Soweit man feststellen kann, muss die Leiche zwischen drei Wochen und einem Monat im Wasser gelegen haben … Ihr Zustand …«

»Geht das auch kürzer?«, brummte Maigret, während er in sein Croissant biss.

»… die Verwesung …«

»Ich weiß! Ergebnisse! Diese Schilderungen interessieren mich nicht.«

»Aber es gibt eine ganze Seite …«

»Mit was?«

»Schilderungen der Gerichtsmedizin … Aber gut, wenn Sie nicht wollen … Eins jedenfalls steht fest: Germaine Piedbœuf war schon lange tot, als sie ins Wasser geworfen wurde … Der Gerichtsmediziner schreibt: *Zwei, drei Tage bevor …«*

Maigret tunkte sein Croissant in den Kaffee, biss hinein und fixierte das Rechteck seines Fensters, sodass Machère glaubte, er höre gar nicht zu.

»Interessiert Sie das auch nicht?«

»Weiter!«

»Es folgt der Autopsiebericht. Soll ich vielleicht … Nein?

Nun, dann werde ich das Interessanteste zusammenfassen. Der Schädel der Leiche war völlig zertrümmert, und die Ärzte glauben versichern zu können, dass die Fraktur durch einen Schlag mit einem stumpfen Gegenstand, einem Hammer oder einer Eisenstange, beigebracht wurde und zum Tod geführt hat …«

Maigret stieg schwerfällig, ein Bein nach dem anderen, aus dem Bett und betrachtete sich einen Augenblick im Spiegel, ehe er seine Wangen mit dem Pinsel einzuseifen begann. Während er sich rasierte, las Inspektor Machère noch einmal den mit Schreibmaschine verfassten Bericht.

»Finden Sie das nicht seltsam? Ich meine nicht den Schlag mit dem Hammer, sondern dass die Leiche erst zwei oder drei Tage nach dem Mord ins Wasser geworfen wurde? Ich werde wohl noch einmal zu den Flamen gehen müssen …«

»Gibt es eine Liste der Kleidungsstücke, die Germaine Piedbœuf getragen hat?«

»Ja. Moment … Schwarze, ziemlich abgetragene Riemchenschuhe, schwarze Strümpfe … Rosa Unterwäsche von schlechter Qualität … Ein schwarzes Wollkleid ohne Etikett.«

»Ist das alles? Kein Mantel?«

»Stimmt! Nein, kein Mantel …«

»Es war der 3. Januar. Es regnete. Es war kalt …«

Machères Gesicht verfinsterte sich. Dann murmelte er bloß:

»Merkwürdig.«

»Was?«

»Sie hat sich mit den Peeters nicht so gut verstanden, als dass man sie aufgefordert hätte, abzulegen. Aber warum sollte der Mörder ihr den Mantel ausgezogen haben? Wenn, dann hätte er sie doch vollständig ausgezogen, um die Identifizierung zu erschweren …«

Maigret klatschte sich laut schnaubend Wasser ins Gesicht, und es spritzte bis zum Inspektor, der in der Mitte des Zimmers stand.

»Wissen die Piedbœufs schon Bescheid?«

»Noch nicht. Ich dachte, *Sie* würden es ihnen mitteilen …«

»Bestimmt nicht! Ich bin hier nicht im Dienst. Tun Sie einfach so, als wäre ich gar nicht da.«

Und er suchte nach dem Kragenknopf, zog sich weiter an und schob Machère zur Tür hinaus.

»Ich muss jetzt gehen. Bis nachher …«

Er wusste selbst nicht, wohin. Er ging hinaus, einfach um hinauszugehen, oder vielmehr, um wieder in die Atmosphäre der Stadt einzutauchen. Zufällig blieb er vor einem Messingschild stehen:

Dr. Van de Weert
Sprechstunde 10–12 Uhr

Wenige Minuten später führte man ihn aus dem Wartezimmer, in dem bereits drei Patienten saßen, in das Sprechzimmer des Arztes, eines kleinen Mannes mit rosiger Kinderhaut, dessen Haar ebenso weiß war wie das von Madame Peeters.

»Hoffentlich nichts Unangenehmes?«

Er rieb sich die Hände, während er sprach. Sein ganzes Auftreten verbreitete einen unerschütterlichen Optimismus.

»Meine Tochter hat mir gesagt, Sie seien …«

»Ich möchte Ihnen zunächst eine Frage stellen. Wie kräftig muss man sein, um einer Frau mit einem Hammer den Schädel einzuschlagen?«

Die Bestürzung des kleinen Mannes, über dessen Bauch sich eine schwere Uhrkette spannte und der ein altmodisches Jackett trug, war köstlich.

»Einen Schädel? Wie soll ich das wissen? Ich hatte hier in Givet noch nie Gelegenheit …«

»Glauben Sie, dass eine Frau es fertigbrächte?«

Er geriet außer sich, gestikulierte wild.

»Eine Frau? Aber das ist doch Wahnsinn! Einer Frau käme niemals in den Sinn …«

»Sind Sie Witwer, Monsieur Van de Weert?«

»Seit zwanzig Jahren. Zum Glück ist meine Tochter …«

»Was halten Sie von Joseph Peeters?«

»Aber … Das ist ein prächtiger junger Mann! Ich hätte es zwar gern gesehen, wenn er Medizin studiert hätte, dann hätte er meine Praxis übernehmen können. Doch da er sich nun einmal zur Juristerei berufen fühlt … Das ist ja auch ein bedeutendes Gebiet.«

»Und wie steht es um seine Gesundheit?«

»Sehr gut! Sehr gut! Im Augenblick ist er natürlich etwas erschöpft von der anstrengenden Arbeit und durch das Wachstum.«

»Gibt es in der Familie Peeters keine Erbkrankheit?«

»Eine Erbkrankheit?«

Er war so verblüfft, dass man hätte glauben können, dieses Konzept sei ihm gänzlich unbekannt.

»Wie kommen Sie denn nur darauf, Herr Kommissar? Sie haben doch meine Cousine gesehen. Sie hat das Zeug, hundert Jahre alt zu werden.«

»Und Ihre Tochter?«

»Sie ist zarter. Sie kommt nach ihrer Mutter. Darf ich Ihnen eine Zigarette anbieten …«

Ein echter Flame, wie jene, die man auf den kitschigen Reklamebildern einer Genevermarke sieht. Ein Flame mit vollen Lippen und hellen Augen, die eine schlichte Seele verrieten.

»Mademoiselle Marguerite sollte ja ihren Cousin heiraten.«

Er runzelte leicht die Stirn.

»Ja natürlich, eines Tages! Ohne diesen unangenehmen Zwischenfall …«

Für ihn war das lediglich unangenehm!

»Leute, die nicht begreifen wollen, dass es das Beste gewesen wäre, sie hätten eine kleine Unterhaltssumme für das Kind angenommen, um dann die Stadt zu verlassen … Ich glaube, vor allem der Bruder ist so starrsinnig …«

Nein, man konnte es ihm nicht einmal übel nehmen! Er war vollkommen aufrichtig. Ehrlich naiv!

»Außerdem ist ja gar nicht bewiesen, dass das Kind von Joseph ist. Es wäre übrigens viel besser in einem Sanatorium aufgehoben, gemeinsam mit seiner Mutter …«

»Kurz, Ihre Tochter wartete …«

Van de Weert lächelte.

»Sie liebt ihn seit ihrem fünfzehnten oder sechzehnten Lebensjahr. Ist das nicht schön? Hätte ich mich etwa widersetzen sollen? … Haben Sie Feuer? … Wenn Sie meine Meinung hören wollen, ich glaube nicht an eine Tragödie … Dieses junge Ding hat sich immer schon herumgetrieben und ist sicher mit einem anderen Mann fortgegangen. Und der Bruder hat sich das zunutze gemacht und versucht, etwas Geld aus der Sache herauszuschlagen …«

Er fragte nicht, was Maigret von all dem hielt. Er

war von sich und seiner Meinung überzeugt. Bei dem leisesten Geräusch aus dem Wartezimmer spitzte er die Ohren. Die Patienten wurden wohl langsam ungeduldig.

Ruhig und mit dem gleichen unschuldigen Blick wie der Arzt stellte der Kommissar eine letzte Frage:

»Glauben Sie, dass Mademoiselle Marguerite die Geliebte ihres Cousins ist?«

Van de Weert schien kurz davor, sich zu entrüsten. Sein Gesicht lief rot an. Vor allem aber betrübte ihn so viel Unverständnis.

»Marguerite? Sind Sie verrückt? Wer hat sich denn das ausgedacht? Marguerite soll die …?«

Und Maigret, der schon die Hand an der Klinke hatte, ging hinaus, ohne auch nur zu lächeln. In dem Haus roch es nach Apotheke und Küche. Das Mädchen, das die Patienten hereinbat, wirkte so frisch und sauber, als hätte es eben erst ein heißes Bad genommen. Draußen hingegen war wieder nichts als Regen und Matsch, und die vorbeifahrenden Lastwagen bespritzten die Gehsteige.

Es war Samstag. Joseph Peeters würde am Nachmittag ankommen und auch den Sonntag in Givet verbringen. Im Café des Mariniers diskutierte man leidenschaftlich über die Ankündigung der Straßen- und Brückenverwaltung, den Schiffsverkehr von der Grenze bis nach Maastricht wieder freizugeben.

Wegen der starken Strömung verlangten die Schlepper nun fünfzehn Franc pro Tonne und Kilometer statt der üblichen zehn. Obendrein hieß es, dass ein Bogen der Brücke von Namur durch einen mit Steinen beladenen Lastkahn blockiert war, der sich von den Tauen losgerissen hatte und nun quer vor den Brückenpfeilern lag.

»Hat es Tote gegeben?«, fragte Maigret.

»Die Frau des Schiffers und ihr Sohn. Als der Schiffer selbst aus dem Bistro zurück an den Quai kam, war sein Kahn auf und davon.«

Gérard Piedbœuf fuhr mit dem Fahrrad vorbei, auf dem Heimweg vom Fabrikbüro. Und ein paar Augenblicke später kehrte Machère aus dem Haus der Flamen zurück, die er vom Fund der Leiche in Kenntnis gesetzt hatte. Er läutete an der Tür der Piedbœufs und sah sich der Hebamme gegenüber, die ihn kühl empfing.

»Was hatte es eigentlich mit diesem Sittlichkeitsdelikt auf sich?«

An Bord der meisten Lastkähne ist es so blitzsauber wie kaum in einer Wohnung. Nicht so auf der Étoile Polaire.

Der Schiffer hatte keine Frau. Ihm half ein Bursche von etwa zwanzig Jahren, der nicht besonders helle war und von Zeit zu Zeit einen epileptischen Anfall bekam.

Die Kajüte roch nach Kaserne. Der Schiffer aß gerade Brot und Wurst und trank dazu einen Liter Roten.

Er war weniger betrunken als sonst und musterte Maigret misstrauisch. Es dauerte eine ganze Weile, bis er sich entschloss, den Mund aufzumachen.

»Es war ganz harmlos … Ich hatte schon zwei- oder dreimal mit dem Mädchen geschlafen. Eines Abends traf ich sie auf der Straße, aber sie wollte nicht, angeblich, weil ich getrunken hätte … Da habe ich sie gepackt, sie hat gebrüllt, und wie zufällig kamen gerade zwei Gendarmen vorbei. Ich habe ausgeholt und einen mit der Faust umgehauen …«

»Fünf Jahre?«

»Hätte ich fast bekommen. Sie hat geleugnet, dass sie schon vorher etwas mit mir gehabt hat. Ein paar Freunde von ihr haben vor Gericht ausgesagt, aber auch denen hat man nicht so richtig geglaubt. Wäre das mit dem Gendarmen nicht passiert, der zwei Wochen im Krankenhaus gelegen hat, wäre ich mit einem Jahr davongekommen, vielleicht sogar auf Bewährung …«

Er schnitt sich mit seinem Taschenmesser eine Scheibe Brot ab.

»Wollen Sie nicht etwas trinken? Vielleicht fahren wir morgen weiter. Wir warten nur noch auf die Nachricht, ob die Brücke von Namur wieder frei ist.«

»Jetzt sag mal, warum hast du die Geschichte mit der Frau auf dem Quai erfunden?«

»Ich?«

Er nahm sich Zeit zum Nachdenken und tat so, als äße er mit Appetit.

»Gib doch zu, dass du rein gar nichts gesehen hast!«

Maigret bemerkte, wie die Augen seines Gegenübers spöttisch aufblitzten.

»Glauben Sie? Na ja, vielleicht haben Sie recht.«

»Wer hat dich um diese Aussage gebeten?«

»Mich?«

Er gluckste amüsiert und spuckte die Wurstpelle vor sich auf den Tisch.

»Wo hast du Gérard Piedbœuf getroffen?«

»Aha! Sieh mal einer an.«

Maigret hatte es mit einem Mann zu tun, der ebenso gelassen war wie er selbst.

»Hat er dir etwas dafür gegeben?«

»Er hat ein paar Runden spendiert …«

Dann plötzlich mit einem Lächeln:

»Aber das ist überhaupt nicht wahr. Ich sage das nur, um Ihnen eine Freude zu machen. Wenn Sie wollen, dass ich vor Gericht das Gegenteil aussage, brauchen Sie mir nur ein Zeichen zu geben …«

»Was genau hast du gesehen?«

»Sie würden es doch nicht glauben.«

»Sag's trotzdem!«

»Also gut, ich habe eine Frau gesehen, die auf jemanden wartete, und dann kam ein Mann, und sie hat sich in seine Arme gestürzt ...«

»Wer war es?«

»Wie soll ich die beiden im Dunkeln erkannt haben?«

»Wo warst du?«

»Ich kam gerade aus dem Bistro ...«

»Und wohin sind die beiden gegangen? Zu den Flamen?«

»Nein, die sind hintenrum gegangen.«

»Was heißt hintenrum?«

»Hinter dem Haus rum ... Was soll's! Wenn Sie es lieber anders hätten ... Ich bin das gewohnt, wissen Sie? In meinem Prozess hat man so viele Geschichten erzählt. Sogar mein Anwalt! Der war der größte Lügner von allen.«

»Trinkst du manchmal einen Schnaps bei den Flamen?«

»Ich? Da bekomme ich nichts mehr, angeblich, weil ich ihnen einmal die Waage kaputt geschlagen habe ... Die wollen nur Leute, die sich still und leise besaufen.«

»Hat Gérard Piedbœuf mit dir gesprochen?«

»Was habe ich Ihnen denn gerade gesagt?«

»Dass er dich gebeten hat, zu sagen ...«

»Nun, dann wird das wohl stimmen ... Eines jedenfalls ist sicher, so wahr mir Gott helfe, ich werde Ihnen nie sagen, was ich weiß. Ich hasse die Polizei, Sie genauso wie alle anderen. Das können Sie dem Richter ruhig sagen. Dann werde ich schwören, dass Sie mich geschlagen haben, und werde die Verletzungen zeigen … Was mich allerdings nicht davon abhält, Ihnen ein Glas Roten anzubieten, falls Ihnen danach ist.«

Genau in diesem Moment sah Maigret ihm in die Augen und erhob sich.

»Zeig mir mal deinen Kahn!«, sagte er kühl.

Überraschung? Angst? Oder nur Ärger? Jedenfalls verzog der Schiffer mit vollem Mund das Gesicht.

»Was wollen Sie sich denn ansehen?«

»Einen Moment …«

Und Maigret ging von Bord und kam kurz darauf mit einem Zöllner in nassglänzendem Ölzeug zurück.

Der Schiffer grinste:

»Man hat mich bereits beehrt …«

Der Kommissar sprach mit dem Zöllner.

»Sie kennen sich doch aus … Ich nehme an, dass alle Schiffer hier schmuggeln, mehr oder weniger.«

»Eher mehr als weniger!«

»Wo verstecken sie gewöhnlich die Ware?«

»Kommt darauf an. Früher in wasserdichten Kisten, die sie unter dem Schiff befestigt haben … Aber jetzt ziehen wir eine Kette unter dem Schiffsrumpf durch, sodass das nicht mehr möglich ist … Manchmal verstecken sie die Ware auch unter den Holzplanken … Aber inzwischen bohren wir mit einem riesigen Bohrer Löcher in die Planken. Sie können den Bohrer dort auf dem Quai stehen sehen.«

»Also?«

»Moment noch! … Was hast du geladen?«

»Alteisen …«

»Das würde zu lange dauern«, brummte der Zöllner. »Da müssen Sie woanders suchen …«

Maigret ließ den Schiffer nicht aus den Augen. Er hoffte, er würde sein Versteck durch einen Seitenblick verraten. Der Mann aß immer noch. Er schien nichts zu fürchten und blieb beharrlich sitzen.

»Steh auf!«

Er gehorchte widerwillig.

»Habe ich nicht mal mehr das Recht, auf meinem Kahn zu sitzen?«

Maigret griff nach dem speckigen Kissen, das auf dem Stuhl lag. Drei Seiten zeigten ordentliche Nähte, auf der vierten sah man grobe, unregelmäßige Stiche.

»Ich danke Ihnen. Ich brauche Sie nicht mehr«, sagte der Kommissar zu dem Zöllner.

»Glauben Sie, dass er schmuggelt?«

»Nein, sicher nicht … Nochmals vielen Dank.«

Und er wartete, bis der enttäuschte Beamte gegangen war.

»Was ist das?«

»Nichts!«

»Steckst du immer so hartes Zeug in deine Kissen?«

Die Naht löste sich, etwas Schwarzes kam zum Vorschein, und Maigret entfaltete einen kleinen zerknitterten Wollmantel.

Es war der Stoff, der in dem Bericht der belgischen Staatsanwaltschaft beschrieben war. Der Mantel hatte kein Etikett. Germaine Piedbœuf hatte ihn selbst genäht.

Aber das war nicht das interessanteste Stück. Ein Hammer lag darin, dessen Stiel vom Gebrauch ganz blank poliert war.

»Das Lustige an der Sache ist, dass Sie vollkommen auf dem Holzweg sind …«, brummte der Schiffer. »Ich habe nichts getan! Ich habe das beides aus der Maas gefischt, am 4. Januar, ganz früh morgens …«

»Und dann hattest du die großartige Idee, alles in Sicherheit zu bringen.«

»Ich bekomme langsam Übung darin!«, erwiderte der Schiffer gelassen. »Verhaften Sie mich jetzt?«

»Ist das alles, was du zu sagen hast?«

»Jawohl, und dass Sie auf dem Holzweg sind!«

»Willst du immer noch morgen weiterfahren?«

»Wenn Sie mich nicht verhaften …«

Es musste die größte Überraschung seines Lebens sein, zu sehen, wie Maigret das Paket sorgfältig wieder zusammenfaltete, es unter seinen Mantel schob und ohne ein Wort von Bord ging.

Er sah, wie Maigret sich im Regen langsam entfernte und an dem Zöllner vorüberging, der ihn grüßte. Der Schiffer kratzte sich am Kopf, stieg wieder in die Kajüte hinunter und goss sich ein Glas Wein ein.

7

Ein Loch von drei Stunden

Als Maigret zum Mittagessen in sein Hotel kam, berichtete ihm der Wirt, der Briefträger hätte ein Einschreiben für ihn nicht dalassen wollen.

Das kam ihm vor wie das erste von tausend kleinen Ärgernissen, die wie auf Kommando auftauchten, um einem das Leben schwer zu machen. Er saß kaum, da erkundigte er sich nach Machère. Niemand hatte ihn gesehen. Er ließ in seinem Hotel anrufen, und man teilte ihm mit, Machère sei vor einer halben Stunde fortgegangen.

Das war nicht weiter schlimm. Maigret war nicht einmal bemächtigt, Machère Instruktionen zu geben, dennoch hätte er ihm gern geraten, den Schiffer im Auge zu behalten.

Um zwei Uhr war er auf dem Postamt, wo man ihm das Einschreiben aushändigte. Eine dumme Geschichte. Es ging um eine Möbellieferung, die er nicht hatte bezahlen wollen, weil sie nicht der Bestellung entsprach. Der Lieferant hatte ihm eine Mahnung geschickt.

Er brauchte eine gute halbe Stunde, um die Antwort abzufassen und dann seiner Frau zu schreiben, was in dieser Angelegenheit zu tun sei.

Er war noch nicht fertig damit, als er ans Telefon gerufen wurde. Es war der Leiter der Pariser Kriminalpolizei, der ihn fragte, wann er zurückzukehren gedenke, und ihn bat, einige Einzelheiten über zwei oder drei laufende Fälle durchzugeben.

Es regnete noch immer. Der Fußboden des Cafés war mit Sägespänen bedeckt. Zu dieser Stunde war niemand da, und der Kellner nutzte die Ruhe für seine eigene Korrespondenz.

Es war lächerlich, aber Maigret konnte es nicht leiden, auf einem Marmortisch zu schreiben, nur, es gab keinen anderen.

»Rufen Sie im Hôtel de la Gare an und fragen Sie, ob der Inspektor inzwischen zurück sei.«

Maigret war schlecht gelaunt. Und der Umstand, dass er nicht einmal einen triftigen Grund dafür finden konnte, ärgerte ihn noch mehr. Zwei-, dreimal lehnte er die Stirn gegen die beschlagene Scheibe. Der Himmel klarte ein wenig auf, und der Regen ließ nach. Doch der Quai blieb schlammig und menschenleer.

Um vier Uhr hörte der Kommissar einen Pfiff. Er lief zur Tür und sah einen Schlepper, der zum ersten Mal seit Beginn des Hochwassers dichten Dampf ausstieß.

Die Strömung war immer noch stark. Als der Schlepper sich anders als die Kähne elegant und behände wie ein Rassepferd vom Ufer löste, bäumte er sich buchstäblich auf, und einen Augenblick lang hatte es den Anschein, die Strömung würde ihn fortreißen.

Ein zweiter Pfiff, noch schriller. Der Schlepper hielt der Strömung stand. Hinter ihm spannte sich ein Seil, und ein erster Lastkahn löste sich von dem Block der wartenden Schiffe und legte sich quer, während zwei Männer mit aller Kraft versuchten, das Steuer herumzureißen.

Vor den Türen der Cafés hatten sich die Gäste versammelt, um das Manöver zu beobachten. Zwei, drei Kähne zogen ihrerseits in den Kampf, beschrieben einen Halbkreis, und plötzlich, auf einen geradezu triumphalen Pfiff hin, setzte sich der Schlepper Richtung Belgien in Bewegung, während die Kähne hinter ihm versuchten, in gerader Linie zu folgen.

Die Étoile Polaire gehörte nicht zu dem Schleppzug.

… und möchte Sie deshalb bitten, die Möbel in meiner Wohnung am Boulevard Richard-Lenoir abholen zu lassen …

Maigret schrieb ungewöhnlich langsam, als wären seine Finger zu grob für die Feder, die sie auf das Papier drückten. Dadurch wurde seine Schrift winzig klein, aber fett und wirkte von Weitem wie eine Reihe von Tintenklecksen.

»Monsieur Peeters fährt auf dem Motorrad vorbei«, sagte der Kellner, der die Lampen anknipste und die Vorhänge zuzog.

Es war halb fünf.

»Es gehört Mut dazu, bei einem solchen Wetter zweihundert Kilometer zu fahren! Er ist von oben bis unten mit Dreck bespritzt.«

»Albert, Telefon!«, rief die Wirtin.

Maigret unterschrieb seinen Brief und steckte ihn in den Umschlag.

»Für Sie, Herr Kommissar. Paris …«

»Hallo! Hallo! … Ja, ich bin's …«

Maigret bemühte sich, seine schlechte Laune zu verbergen. Es war seine Frau. Sie fragte, wann er zurückkäme.

»Jemand war wegen der Möbel hier …«

»Ich weiß. Ich veranlasse alles Notwendige.«

»Und es ist ein Brief von deinem englischen Kollegen gekommen, der …«

»Ja, Liebes, das ist nicht so wichtig …«

»Ist es kalt bei dir? Zieh dich warm an. Du bist deine Erkältung immer noch nicht ganz los, und …«

Warum ergriff ihn eine beinahe schmerzhafte Ungeduld? Er hatte das unbestimmte Gefühl, etwas zu versäumen, während er hier in dieser Kabine stand.

»In drei, vier Tagen bin ich wieder da.«

»Erst?«

»Ja. Ich umarme dich … Auf bald.«

Im Café erkundigte er sich nach einem Briefkasten.

»Gleich an der Straßenecke, beim Tabakladen.«

Es war dunkel. Von der Maas sah man nur noch den Widerschein der Laternen. Der Kommissar bemerkte eine Gestalt, die an einem Baum lehnte und ihm verdächtig erschien. Das Wetter lud nicht gerade dazu ein, frische Luft zu schnappen.

Er warf den Brief ein, drehte sich noch einmal um, sah, dass die Gestalt von dem Baum wegtrat. Er setzte seinen Weg fort, und der Unbekannte folgte ihm.

Es ging blitzschnell. Maigret machte auf dem Absatz kehrt, lief ein paar Schritte zurück und packte den Mann am Kragen.

»Was machst du hier?«

Er hatte ihn etwas zu fest gepackt, sein Gesicht lief rot an, und Maigret lockerte den Griff.

»Rede endlich!«

Irgendetwas stieß ihn ab, er wusste nicht, was. Der ausweichende Blick und mehr noch das angedeutete Lächeln waren ihm unangenehm.

»Bist du nicht Gehilfe auf der Étoile Polaire?«

Der andere nickte eifrig.

»Hast du mir nachspioniert?«

Eine Mischung aus Angst und Heiterkeit spiegelte sich auf dem länglichen Gesicht des jungen Mannes. Hatte der Schiffer nicht gesagt, dass sein Gehilfe nicht ganz bei Verstand sei und manchmal epileptische Anfälle habe?

»Hör auf zu lachen und sag mir, was du hier machst!«

»Ich beobachte Sie.«

»Hat dein Chef dir das aufgetragen?«

Es war unmöglich, grob zu diesem armen Teufel zu sein. Er war zwanzig Jahre alt und sein Bartwuchs, obwohl er sich nicht rasierte, nur sehr spärlich; die feinen blonden Härchen waren kaum einen Zentimeter lang. Sein Mund war doppelt so groß, wie er sein sollte.

»Schlagen Sie mich nicht …«

»Komm mit!«

Mehrere Kähne hatten ihren Liegeplatz gewechselt. Zum ersten Mal seit Wochen herrschte reger Betrieb: Man rüstete sich zur Abfahrt. Die Frauen erledigten ihre Einkäufe, und die Zöllner drehten ihre Runden und zeigten sich an Bord.

Da schon viele Schiffe fort waren, lag die Étoile Polaire ganz für sich. Ihr Bug hatte sich etwas vom Ufer gelöst. In der Kajüte war Licht.

»Geh vor!«

Der Steg bestand aus einer einzigen wackligen Planke.

Obwohl die Petroleumlampe brannte, war niemand an Bord.

»Wo ist die Sonntagskleidung deines Chefs?«

Maigret befürchtete ein gewaltiges Durcheinander.

Der Gehilfe öffnete einen Schrank und machte ein verwundertes Gesicht. Darin lagen die Kleidungsstücke, die der Schiffer noch am Morgen getragen hatte.

»Und sein Geld? Wo ist das?«

Heftiges Kopfschütteln. Der Schwachkopf wusste es nicht! Das Geld war versteckt!

»Na, macht nichts. Du kannst hierbleiben.«

Maigret ging mit eingezogenem Kopf hinaus und stieß fast mit einem Zöllner zusammen.

»Haben Sie den Mann von der Étoile Polaire gesehen?«

»Nein. Ist er nicht an Bord? Ich dachte, er wollte morgen in aller Frühe abfahren.«

»Gehört das Schiff ihm?«

»Weiß Gott, nein! Es gehört einem seiner Cousins, der in Flémalle wohnt. Auch so eine Type …«

»Was wird er wohl verdienen?«

»Sechshundert Franc im Monat? Vielleicht etwas mehr durch den Schmuggel. Aber nicht sehr viel …«

Im Haus der Flamen brannte Licht, im Laden und im ersten Stock.

Ein paar Augenblicke später ging die Ladenklingel. Maigret putzte seine Schuhe an der Matte ab und rief Madame Peeters zu, die aus der Küche herbeigeeilt kam:

»Bemühen Sie sich nicht!«

Im Esszimmer traf er auf Marguerite Van de Weert, die in einer Partitur blätterte.

In ihrem hellblauen Seidenkleid wirkte sie noch zierlicher als sonst. Sie schenkte dem Kommissar ein liebliches Lächeln.

»Wollten Sie Joseph sprechen?«

»Ist er nicht hier?«

»Er ist hochgegangen, um sich umzuziehen. Es ist verrückt von ihm, die lange Strecke bei diesem Wetter mit dem Motorrad zu fahren, zumal er auf seine Gesundheit achtgeben sollte und vollkommen überarbeitet ist …«

Das war keine Liebe! Das war Anbetung! Man konnte sich gut vorstellen, wie sie den jungen Mann stundenlang ehrfürchtig anblickte.

Was war nur an ihm, dass er solche Gefühle auslöste? Und sprach seine Schwester nicht ebenso leidenschaftlich von ihm?

»Ist Anna bei ihm?«

»Sie legt ihm seine Sachen zurecht.«

»Und Sie? Sind Sie schon lange hier?«

»Eine Stunde.«

»Wussten Sie, dass Joseph Peeters kommen würde?«

Einen Augenblick lang war sie etwas verlegen, dann sagte sie:

»Er kommt jeden Samstag zur gleichen Zeit.«

»Gibt es im Haus ein Telefon?«

»Nein. Aber bei uns natürlich. Mein Vater braucht es ständig.«

Er wusste nicht, warum sie ihm langsam nicht mehr gefiel oder, genauer gesagt, auf die Nerven ging. Er mochte ihr Kleinmädchengehabe nicht, ihre betont kindliche Art zu sprechen, ihren aufgesetzt unschuldigen Blick.

»Ah, er kommt herunter …«

Und wirklich, man hörte Schritte auf der Treppe. Joseph Peeters erschien frisch und sauber im Esszimmer, die noch feuchten Haare ordentlich frisiert.

»Ich wusste nicht, dass Sie hier sind, Herr Kommissar.«

Er wagte nicht, ihm die Hand zu reichen, und wandte sich an Marguerite:

»Und du hast ihm noch nichts angeboten?«

Im Laden unterhielten sich ein paar Leute auf Flämisch. Anna trat ebenfalls ein, auf ihre ruhige Art, und verneigte sich, wie sie es wohl in der Klosterschule gelernt hatte.

»Stimmt es, Herr Kommissar, dass es gestern Abend in einem Café in der Stadt einen Eklat gegeben hat? Ich weiß ja, dass die Leute immer übertreiben … Aber setzen Sie sich doch! Joseph, hol etwas zu trinken.«

Im Kamin glühten die Kohlen. Der Klavierdeckel war aufgeklappt.

Maigret versuchte sich genauer an den Eindruck zu erinnern, den er beim Hereinkommen gehabt hatte, aber jedes Mal, wenn er kurz davor war, ihn zu fassen, verflüchtigte er sich wieder.

Etwas hatte sich verändert. Aber er wusste nicht, was es war.

Er war missmutig. Setzte eine verschlossene, finstere Miene auf, die Stirn in Falten gelegt, wie immer, wenn er einen schlechten Tag hatte. Am liebsten hätte er irgendetwas Ungehöriges angestellt, um die Harmonie, die ihn umgab, zu stören.

Am meisten irritierte ihn Anna. Sie trug immer noch das graue Kleid, in dem sie steif wie eine Statue wirkte.

Konnten ihr die Ereignisse überhaupt etwas anhaben? Sie bewegte sich, gestikulierte, doch ihr Kleid wies nicht die geringste Falte auf, keinen einzigen Fleck. Und auf ihrem Gesicht lag nach wie vor ein Ausdruck heiterer Gelassenheit.

Sie erinnerte an eine Gestalt aus einer antiken

Tragödie, die es in den armseligen Alltag einer kleinen Grenzstadt verschlagen hat.

»Bedienen Sie manchmal im Laden?«

Er hatte nicht gewagt zu sagen: im Bistro.

»Oft. Ich vertrete Mama.«

»Schenken Sie auch Schnaps aus?«

Sie lächelte nicht, sondern sah ihn nur erstaunt an.

»Warum nicht?«

»Es kommt doch manchmal vor, dass die Schiffer betrunken sind, nicht wahr? Werden sie dann nicht vertraulich, vielleicht sogar zudringlich?«

»Hier nicht!«

Selbstsicher, souverän, unerschütterlich – wie immer.

»Nehmen Sie ein Glas Portwein oder lieber …«

»Lieber ein Glas von dem Genever, den Sie mir neulich eingeschenkt haben.«

»Lass dir von Mutter die Flasche Vieux Système geben, Joseph.«

Und Joseph gehorchte.

War die Rangfolge in diesem Haus doch eine andere, als Maigret geglaubt hatte? Obenan hatte er Joseph gesehen, den wahren Gott der Familie, gefolgt von Anna, dann Maria, dann Madame Peeters, die sich um den Laden kümmerte, und schließlich den Vater, der in seinem Sessel schlief.

Offenbar stand Anna an oberster Stelle.

»Haben Sie noch nichts Neues herausbekommen, Herr Kommissar? Sie haben doch sicher bemerkt, dass die ersten Schiffe wieder ablegen? Der Schiffsverkehr ist bis Lüttich in Betrieb, vielleicht sogar bis Maastricht … In zwei Tagen werden hier bloß noch drei oder vier Lastkähne liegen.«

Warum sagte sie das?

»Nein, Marguerite! Die Gläser mit Stiel …«

Maigret hatte immer noch das Bedürfnis, die Harmonie zu stören. Und da Joseph im Laden war und seine Cousine mit den Gläsern beschäftigt war, ergriff er die Gelegenheit und zeigte Anna das Foto von Gérard Piedbœuf.

»Wir müssen darüber sprechen«, sagte er leise.

Er blickte sie fest an. Aber seine Hoffnung, die Heiterkeit auf ihrem Gesicht zu trüben, wurde enttäuscht. Sie zwinkerte ihm lediglich zu, was so viel bedeuten sollte wie:

Ja … später …

Und zu ihrem Bruder, der wieder hereinkam, sagte sie:

»Sind noch viele Leute im Laden?«

»Fünf.«

Anna stellte nun auch ihr Gespür für Feinheiten unter Beweis. Auf der Flasche, die Joseph mitgebracht hatte, steckte ein Ausgießer aus Zinn, der verhinderte, dass ein einziger Tropfen verschwendet wurde.

Bevor Anna einschenkte, entfernte sie den Ausgießer und gab so zu verstehen, dass es sich im Salon um eine vornehmere Gesellschaft handelte.

Maigret wärmte sein Glas einen Moment lang in der hohlen Hand.

»Auf Ihr Wohl!«, sagte er.

»Auf das Ihre!«, erwiderte Joseph Peeters, der als Einziger mittrank.

»Wir haben jetzt den Beweis, dass Germaine Piedbœuf ermordet wurde.«

Nur Marguerite stieß einen spitzen Schrei aus, einen veritablen Jungmädchenschrei, bühnenreif.

»Wie entsetzlich!«

»Man hat es mir gesagt, aber ich wollte es nicht glauben«, sagte Anna. »Das wird unsere Situation noch verschlimmern, nicht wahr?«

»Oder leichter machen! Vor allem, wenn ich beweisen kann, dass Ihr Bruder am 3. Januar nicht in Givet war.«

»Warum?«

»Weil Germaine Piedbœuf mit einem Hammer erschlagen wurde.«

»Mein Gott! Schweigen Sie …«

Marguerite erhob sich, leichenblass, einer Ohnmacht nahe.

»Ich habe den Hammer in meiner Tasche.«

»Nein, ich bitte Sie! Zeigen Sie ihn nicht!«

Anna hingegen blieb gelassen.

»Ist dein Freund zurück?«, fragte sie ihren Bruder.

»Seit gestern.«

Dem Kommissar erklärte sie:

»Das ist der Freund, mit dem Joseph den Abend des 3. Januar in einem Café in Nancy verbracht hat. Er war vor etwa zehn Tagen nach Marseille gefahren, weil seine Mutter gestorben war. Jetzt ist er wieder da …«

»Auf Ihr Wohl!«, antwortete Maigret und leerte sein Glas.

Er griff nach der Flasche und goss sich erneut ein. Hin und wieder ging die Ladenklingel. Oder man hörte, wie mit einer kleinen Schaufel Zucker in eine Tüte geschüttet wurde und das Scheppern der Waagschale.

»Geht es Ihrer Schwester noch nicht besser?«

»Man hofft, dass sie am Montag oder Dienstag wieder aufstehen kann, aber sie wird vorläufig nicht nach Hause kommen.«

»Hat sie vor, zu heiraten?«

»Aber nein, sie will Nonne werden, schon lange.«

Woran erkannte Maigret, dass im Laden etwas vorging? Die Geräusche waren die gleichen, vielleicht weniger laut. Gleich darauf hörte man Madame Peeters Französisch sprechen.

»Sie sind im Esszimmer …«

Türen wurden geöffnet und geschlossen. Inspektor Machère blieb auf der Schwelle stehen. Er war sehr erregt und bemüht, Ruhe zu bewahren. Er blickte den Kommissar an, der vor seinem Genever saß.

»Was gibt es, Machère?«

»Der ... Ich würde gern kurz mit Ihnen allein sprechen.«

»Worüber?«

»Über ...«

Er zögerte, gestikulierte und versuchte Andeutungen zu machen, die allerdings jeder verstand.

»Genieren Sie sich nicht.«

»Der Schiffer ...«

»Ist er zurückgekommen?«

»Nein ... Er ...«

»Hat er gestanden?«

Machère litt Höllenqualen. Er war gekommen, um Maigret eine streng vertrauliche Mitteilung zu machen, die für ihn von höchster Bedeutung war, und nun zwang ihn der Kommissar, sich vor drei weiteren Personen zu äußern.

»Er ... Man hat seine Mütze und seine Jacke gefunden.«

»Die alte oder die neue?«

»Ich verstehe nicht.«

»Hat man seine Sonntagsjacke aus blauem Tuch gefunden?«

»Ja, aus blauem Tuch. Am Ufer ...«

Alle schwiegen. Anna stand neben dem Tisch und

blickte den Inspektor an, ohne mit der Wimper zu zucken. Joseph Peeters rieb sich nervös die Hände.

»Fahren Sie fort.«

»Er muss sich in die Maas gestürzt haben. Man hat seine Mütze unweit des Kahns, der hinter seinem lag, aus dem Fluss gefischt. Sie ist an dem Kahn hängen geblieben, verstehen Sie?«

»Und weiter?«

»Die Jacke lag am Ufer, und dieser Zettel war mit einer Nadel daran befestigt.«

Er zog ihn behutsam aus seiner Brieftasche. Ein Fetzen Papier, vom Regen aufgeweicht. Die Schrift war kaum zu entziffern:

Ich bin ein Schuft.
Besser ich ertränke mich im Fluss …

Maigret hatte leise vorgelesen.

Mit belegter Stimme fragte Joseph Peeters:

»Ich verstehe nicht … Was soll das bedeuten?«

Machère blieb beklommen stehen. Er war verlegen. Marguerite blickte einen nach dem anderen mit ihren großen, ausdruckslosen Augen an.

»Ich glaube, Sie …«, begann der Inspektor. Und Maigret erhob sich mit einem milden Lächeln. Er wandte sich vor allem an Anna, als er sagte:

»Da, sehen Sie! Ich habe vorhin von einem Hammer gesprochen …«

»Schweigen Sie doch!«, flehte Marguerite.

»Was tun Sie morgen Nachmittag?«

»Das Gleiche wie jeden Sonntag. Wir bleiben unter uns. Nur Maria wird fehlen ...«

»Erlauben Sie, dass ich Sie dann noch einmal besuche? Vielleicht gibt es wieder diese ausgezeichnete Reistorte ...«

Maigret ging in den Flur und zog seinen Mantel an, der vom Regen noch schwerer geworden war.

»Entschuldigen Sie ...«, stammelte Machère. »Der Kommissar hat es so gewollt ...«

»Nun kommen Sie schon!«

Im Laden stand Madame Peeters auf einer Trittleiter, um aus dem obersten Fach ein Paket Stärke zu holen. Eine Schiffersfrau wartete mit trüber Miene, ein Einkaufsnetz am Arm.

8

Der Besuch bei den Ursulinen

Eine kleine Gruppe von Leuten stand in der Nähe der Stelle, an der man die Mütze aus der Maas gefischt hatte, aber der Kommissar zog Machère weiter und ging mit ihm in Richtung Brücke.

»Sie hatten mir gar nichts von dem Hammer gesagt. Das beweist doch ...«

»Was haben Sie den ganzen Tag getrieben?«

Und der Inspektor erwiderte mit der Miene eines Schuljungen, der soeben erwischt worden ist:

»Ich bin nach Namur gefahren. Ich wollte mich vergewissern, ob Maria Peeters sich wirklich den Fuß ...«

»Und?«

»Man hat mich nicht hereingelassen. Ich bin in einem Kloster voller Nonnen gelandet, die mich angestarrt haben wie einen Maikäfer, der in die Suppe gefallen ist.«

»Haben Sie denn nicht darauf bestanden?«

»Ich habe sogar gedroht.«

Maigret unterdrückte ein Grinsen. In der Nähe der Brücke ging er in eine Werkstatt, die auch Autos vermietete, und verlangte einen Wagen mit Chauffeur für eine Fahrt nach Namur.

Fünfzig Kilometer hin und fünfzig Kilometer zurück, am Ufer der Maas entlang.

»Kommen Sie mit?«

»Sie wollen wirklich ... Aber ich sagen Ihnen, man wird Sie genauso wenig einlassen. Außerdem wurde ja jetzt der Hammer gefunden, und ...«

»Na gut, dann machen Sie Folgendes: Nehmen Sie sich auch ein Auto und klappern Sie jeden noch so kleinen Bahnhof im Umkreis von zwanzig Kilometern ab. Versuchen Sie herauszufinden, ob der Schiffer einen Zug genommen hat ...«

Maigrets Wagen setzte sich in Bewegung. Der Kommissar lehnte sich zurück, rauchte genüsslich seine Pfeife und nahm von der Landschaft nur die seltenen Lichter wahr, die zu beiden Seiten des Wagens aufblitzen.

Er wusste, dass Maria Peeters Lehrerin an einer von Ursulinen geführten Schule war. Ebenso war ihm bekannt, dass die Ursulinen in der kirchlichen Hierarchie auf gleicher Ebene mit den Jesuiten standen, also gewissermaßen die Aristokratie der Lehrenden bildeten. Alle, die in der Provinz etwas auf sich hielten, schickten ihre Töchter auf die Klosterschule von Namur.

Deshalb war es äußerst amüsant, sich Inspektor Machère vorzustellen, wie er mit den Nonnen diskutierte und ihnen schließlich sogar drohte!

Ich habe vergessen, ihn zu fragen, wie er sie angeredet hat, dachte Maigret. Er hat sicherlich »meine Damen« gesagt oder schlimmer noch, »meine lieben Schwestern« …

Obwohl Maigret groß, schwer und breitschultrig war und seine Gesichtszüge durchaus grob waren, erschrak die Schwester Pförtnerin nicht im Geringsten, als er an der Tür des Klosters läutete, das an einer kleinen Straße lag, auf der zwischen den Pflastersteinen Gras wuchs.

»Ich möchte die Ehrwürdige Mutter sprechen!«, sagte er.

»Sie ist in der Kapelle, aber sobald die Andacht beendet ist …«

Er wurde in ein Sprechzimmer geführt, neben dem das Esszimmer der Peeters schmutzig und unordentlich gewirkt hätte. Hier konnte man sich wirklich im Parkett spiegeln. Man spürte, dass noch der kleinste Gegenstand seinen festen Platz hatte, dass jeder Stuhl seit Jahren an derselben Stelle stand, dass die Wanduhr über dem Kamin nie stehen geblieben, weder vor- noch nachgegangen war.

In den mit prächtigen Kacheln ausgelegten Fluren hörte man gleitende Schritte, manchmal ein

Flüstern. Und schließlich, aus weiter Ferne, leises Orgelspiel.

Am Quai des Orfèvres wäre man darüber erstaunt gewesen, wie wohl Maigret sich hier fühlte. Als die Oberin eintrat, begrüßte er sie leise und unbefangen mit der gebräuchlichen Anrede:

»Ehrwürdige Mutter …«

Sie wartete, die Hände in die Ärmel geschoben.

»Verzeihen Sie, dass ich Sie störe, aber ich möchte Sie um die Genehmigung bitten, eine Ihrer Lehrerinnen zu besuchen. Ich weiß, es verstößt gegen die Ordensregel. Da es aber um das Leben, zumindest die Freiheit eines Menschen geht …«

»Sind Sie auch von der Polizei?«

»Es war wohl schon ein Inspektor bei Ihnen?«

»Ein Herr, der behauptete, er sei von der Polizei, Lärm schlug und mit den Worten weggegangen ist, man werde noch von ihm hören …«

Maigret entschuldigte sich für ihn und blieb ruhig, höflich, ehrerbietig. Er äußerte noch ein paar verbindliche Worte, und kurz darauf wurde eine Laienschwester beauftragt, Maria Peeters auszurichten, dass ein Herr von der Polizei sie zu sprechen wünsche.

»Sie ist ein sehr braves und tüchtiges Mädchen, nicht wahr, Ehrwürdige Mutter?«

»Ich kann nur Gutes über sie sagen. Zunächst hatten wir, der Hausgeistliche und ich, wegen des

Geschäfts ihrer Eltern Bedenken, sie aufzunehmen. Nicht des Lebensmittelhandels wegen, sondern weil man dort Alkohol ausschenkt … Aber wir haben uns für sie entschieden und es nicht einen Augenblick bereut … Als Maria gestern die Treppe hinunterging, hat sie sich den Knöchel verstaucht, und seitdem liegt sie zu Bett und ist sehr niedergeschlagen, weil sie weiß, dass wir sie als Lehrerin nur schwer entbehren können …«

Die Laienschwester kam zurück. Maigret folgte ihr durch endlos lange Flure. Er begegnete mehreren Gruppen von Schülerinnen, die alle die gleiche Kleidung trugen: ein schwarzes Plisseekleid, ein blaues Seidenband um den Hals.

Im zweiten Stock öffnete sich schließlich eine Tür. Die Schwester schien sich zu fragen, ob sie gehen oder bleiben sollte.

»Lassen Sie uns bitte allein, Schwester …«

Ein kleines karges Zimmer. Mit Ölfarbe gestrichene Wände, an denen schwarz gerahmte Lithographien mit religiösen Motiven und ein großes Kruzifix hingen.

Ein Eisenbett. Unter der Decke eine kaum wahrnehmbare magere Gestalt.

Marias Gesicht war nicht zu sehen. Sie sagte kein Wort. Als die Tür sich geschlossen hatte, blieb Maigret eine Weile reglos stehen. Sein durchnässter Hut und der schwere Mantel machten ihn etwas verlegen.

Schließlich hörte er ein ersticktes Schluchzen. Aber Maria Peeters verbarg den Kopf noch immer unter der Decke und blieb der Wand zugekehrt.

»Beruhigen Sie sich«, entfuhr es ihm. »Ihre Schwester Anna hat Ihnen sicher gesagt, dass ich eigentlich als Freund komme …«

Aber das beruhigte die junge Frau nicht. Im Gegenteil. Ihr Körper wurde von heftigen Krämpfen geschüttelt.

»Was hat Ihnen der Arzt gesagt? Werden Sie noch lange das Bett hüten müssen?«

Es war seltsam, so mit jemandem zu sprechen, den man nicht sehen konnte. Zumal Maigret das Mädchen überhaupt nicht kannte.

Das Schluchzen ließ nach. Sie schien sich zu beruhigen, schniefte und suchte mit der Hand unter dem Kopfkissen nach einem Taschentuch.

»Warum sind Sie so außer sich? Die Ehrwürdige Mutter hat mir gerade noch gesagt, dass sie große Stücke auf Sie hält.«

»Lassen Sie mich in Frieden!«, flehte sie.

Es klopfte an der Tür, und die Mutter Oberin trat ein, als ob sie auf diesen Moment gewartet hätte.

»Entschuldigen Sie. Unsere arme Maria ist sehr sensibel …«

»War das schon immer so?«

»Sie ist eine zarte Natur. Als sie erfahren hat, dass sie mindestens eine Woche liegen muss und nicht unterrichten kann, war sie völlig verzweifelt … Zeigen Sie uns Ihr Gesicht, Maria.«

Aber die junge Frau schüttelte heftig den Kopf.

»Wir wissen natürlich«, fuhr die Oberin fort, »wessen die Familie bezichtigt wird. Ich habe drei Messen lesen lassen, damit die Wahrheit bald ans Licht kommt … Eben erst, bei der Andacht, habe ich wieder für Sie gebetet, Maria …«

Endlich zeigte Maria ihr Gesicht. Ein kleines, sehr schmales, blasses Gesicht, vom Fieber und den vielen Tränen rot gefleckt.

Sie ähnelte Anna gar nicht, eher der Mutter, von der sie die feinen Gesichtszüge geerbt hatte, die nur leider so unregelmäßig waren, dass man sie nicht hübsch nennen konnte. Die Nase war zu lang und spitz, der Mund zu groß und schmal.

»Ich bitte Sie um Verzeihung«, sagte sie und betupfte die Augen mit ihrem Taschentuch. »Ich bin so nervös, und der Gedanke, dass ich hier liege, während … Sind Sie Kommissar Maigret? Haben Sie meinen Bruder gesehen?«

»Ich habe ihn vor einer knappen Stunde gesprochen. Er ist mit Anna und Ihrer Cousine Marguerite bei Ihnen zu Hause.«

»Wie geht es ihm?«

»Er ist sehr gelassen und zuversichtlich.«

Würde sie wieder zu weinen anfangen? Die Oberin ermunterte Maigret mit einem Blick. Die Ruhe und Autorität, mit der er sprach, konnten für eine Kranke nur heilsam sein.

»Anna hat mir gesagt, Sie hätten sich entschlossen, den Schleier zu nehmen …«

Maria begann wieder zu weinen. Sie versuchte nicht einmal mehr, es zu verbergen. Nichts Gekünsteltes war daran, und sie zeigte offen ihr tränennasses, geschwollenes Gesicht.

»Das ist eine Entscheidung, die wir schon lange erwartet haben«, murmelte die Oberin. »Maria hängt eher dem Glauben an als dem Weltlichen …«

Ein heftiges Schluchzen entfuhr ihrer mageren Brust, schüttelte ihren Körper, während sich ihre Hände an die Bettdecke klammerten.

»Sie sehen, ich habe recht daran getan, den anderen Herrn nicht zu ihr zu lassen.«

Maigret stand noch immer in seinem Mantel da, der ihn noch korpulenter wirken ließ. Er betrachtete das schmale Bett, das verzweifelte Mädchen.

»War der Arzt bei ihr?«

»Ja. Er sagt, die Verstauchung sei harmlos, schlimmer sei die Nervenkrise … Wollen wir nicht lieber wieder gehen? Beruhigen Sie sich, Maria. Ich schicke Mutter Julienne zu Ihnen …«

Maigret betrachtete ein letztes Mal das strahlende Weiß des Bettes, das zerzauste Haar auf dem Kopfkissen und die weit aufgerissenen Augen, die ihn fixierten, während er rückwärts zur Tür ging.

Auf dem Flur sagte die Oberin zu Maigret:

»Sie ist nie sehr gesund gewesen. Der Skandal setzt ihr furchtbar zu, und den Sturz auf der Treppe muss man sicher auch dieser Aufregung zuschreiben. Sie schämt sich für ihren Bruder, für ihre Familie. Sie hat mir mehrmals gesagt, dass sie befürchte, der Orden werde sie nach all dem nicht mehr aufnehmen. Stundenlang liegt sie völlig niedergeschlagen da und starrt an die Decke, ohne irgendetwas zu sich zu nehmen, und dann kommt es plötzlich ohne ersichtlichen Grund wieder zu einem Anfall. Der Arzt gibt ihr Spritzen, damit sie wieder zu Kräften kommt.«

Sie waren im Erdgeschoss angelangt.

»Darf ich Sie fragen, was Sie von der Geschichte halten, Kommissar?«

»Ja, das dürfen Sie. Aber ich bin leider gar nicht in der Lage, zu antworten. Um ehrlich zu sein: Ich weiß noch nichts. Erst morgen …«

»Glauben Sie, dass Sie morgen …?«

»Ich kann Ihnen nur noch einmal danken, Ehrwürdige Mutter, und mich für meinen Besuch entschuldigen. Vielleicht darf ich mir erlauben, Sie anzurufen, um mich nach dem Befinden der Kranken zu erkundigen?«

Endlich stand er wieder draußen und atmete die frische, von Regen gesättigte Luft. Sein Wagen wartete am Straßenrand.

»Nach Givet!«

Maigret stopfte genüsslich seine Pfeife und streckte sich auf der Rückbank aus. An einer Kurve in der Nähe von Dinant sah er einen Wegweiser: *Grotten von Rochefort.*

Die Anzahl der Kilometer konnte er nicht lesen, denn schon waren sie vorbeigefahren. Er erhaschte lediglich einen Blick auf eine dämmrige Seitenstraße und stellte sich einen sommerlichen Sonntag vor, einen Zug voller Ausflügler und zwei Paare: Joseph Peeters und Germaine Piedbœuf, Anna und Gérard …

Es war bestimmt ein heißer Tag, und auf der Rückfahrt hielten die Reisenden Feldblumensträuße in den Armen …

Anna, die, zutiefst verletzt, bewegt und verstört auf der Bank saß, blickte vielleicht verstohlen zu dem Mann hin, der sie kurz zuvor zu einem anderen Menschen gemacht hatte …

Und Gérard, heiter und scherzend, unfähig, zu begreifen, dass an diesem Nachmittag etwas Ernstes und Unwiderrufliches geschehen war …

Hatte er versucht, sie wiederzusehen? Hatte es eine Fortsetzung dieses Abenteuers gegeben?

Nein, antwortet Maigret sich selbst. Anna hatte verstanden! Sie machte sich keine Illusionen über ihren Begleiter und ging ihm schon vom nächsten Tag an aus dem Weg …

Und er stellte sich vor, wie sie ihr Geheimnis in sich verschloss, vielleicht noch monatelang die Folgen dieser Umarmung fürchtete und erbitterten Hass gegen alle Männer hegte.

»Soll ich Sie zu Ihrem Hotel fahren?«

Sie hatten Givet erreicht, die belgische Grenze, den diensthabenden Zollbeamten in seiner khakifarbenen Uniform, die französische Grenze, die Lastkähne, das Haus der Flamen, den schlammigen Quai.

Zu seiner Verwunderung fühlte Maigret einen schweren Gegenstand in seiner Tasche. Er griff hinein und fand den Hammer, an den er nicht mehr gedacht hatte.

Inspektor Machère, der das Auto hatte anhalten hören, stand auf der Schwelle des Cafés und schaute zu, wie Maigret den Chauffeur bezahlte.

»Hat man Sie eingelassen?«

»Natürlich.«

»Das wundert mich. Eigentlich war ich fest davon überzeugt, dass Maria Peeters gar nicht da ist.«

»Wo soll sie sonst sein?«

»Ich weiß es nicht. Ich werde aus all dem nicht mehr schlau, zumal seit der Hammer aufgetaucht ist … Wissen Sie, wer eben bei mir war?«

»Der Schiffer?«

Maigret hatte das Café betreten, bestellte ein Bier und setzte sich in eine Ecke am Fenster.

»Fast! Die Richtung stimmt … Es war Gérard Piedbœuf … Vorher habe ich alle Bahnhöfe mit dem Auto abgeklappert, aber nichts herausbekommen …«

»Und er hat Ihnen verraten, wo sich unser Schiffer versteckt hält?«

»Jedenfalls hat er mir gesagt, man hätte den Schiffer in den Zug steigen sehen, der um vier Uhr fünfzehn in Givet abfährt. Das ist der Zug nach Brüssel.«

»Wer hat ihn gesehen?«

»Ein Freund von Gérard … Er hat vorgeschlagen, ihn herzubringen.«

»Soll ich zwei Gedecke auflegen?«, fragte der Wirt.

»Ja. Nein … Egal.«

Maigret trank begierig sein Bier.

»Ist das alles?«

»Finden Sie nicht, dass das genug ist? Wenn man ihn wirklich auf dem Bahnhof gesehen hat, dann ist er nicht tot. Dann ist er auf der Flucht, und wenn er auf der Flucht ist …«

»Allerdings!«

»Sie denken das Gleiche wie ich.«

»Ich denke überhaupt nichts, Machère. Mir ist heiß und kalt. Ich glaube, ich habe mich wieder erkältet, und ich überlege gerade, ob es nicht das Beste wäre, schlafen zu gehen, ohne vorher etwas zu essen. Garçon, noch ein Bier! Ach nein, lieber einen Grog! Mit viel Rum!«

»Hat sie sich wirklich den Knöchel verstaucht?«

Maigret antwortete nicht. Er war bedrückt. Man hätte sogar sagen können, er machte sich Sorgen.

»Der Untersuchungsrichter hat Ihnen doch sicher einen Blanko-Haftbefehl gegeben.«

»Ja. Aber er hat mir geraten, sehr vorsichtig zu sein, wegen der Mentalität der Leute. Ich soll ihn anrufen, ehe ich etwas unternehme.«

»Und was werden Sie tun?«

»Ich habe bereits an die Sûreté in Brüssel telegraphiert, damit man den Schiffer gleich beim Verlassen des Zugs verhaftet. Und ich muss Sie bitten, mir den Hammer zu geben.«

Zur großen Verblüffung einiger Gäste zog der Kommissar den Hammer aus der Tasche und legte ihn auf den Marmortisch.

»Ist das alles?«

»Sie werden auch zu Protokoll geben müssen, dass Sie ihn gefunden haben.«

»Nein, nein! Lassen Sie die Leute doch glauben, dass Sie den Hammer gefunden haben.«

Machères Augen leuchteten.

»Ich danke Ihnen. Das ist wichtig für die Beförderung.«

»Ich habe am Ofen für zwei gedeckt«, sagte der Wirt.

»Danke, ich gehe schlafen. Ich habe keinen Hunger.«

Nachdem Maigret seinem Kollegen die Hand gegeben hatte, ging er hinauf in sein Zimmer.

Vielleicht hatte er sich wieder erkältet, weil er seit zwei Tagen in klammen Kleidern herumlief. Einen Anzug zum Wechseln hatte er nicht eingepackt.

Erschöpft ging er zu Bett und kämpfte eine gute halbe Stunde gegen die verschwommenen Bilder an, die in rascher Folge über seine Netzhaut glitten.

Trotzdem war er am Sonntagmorgen als Erster auf. Im Café fand er nur den Kellner vor, der die Kaffeemaschine anstellte und den Filteraufsatz mit gemahlenem Kaffee füllte.

Die Stadt schlief, und die Laternen brannten noch, während sanft die Morgendämmerung einsetzte. Auf dem Fluss hingegen riefen die Schiffer knappe Kommandos und warfen einander die Halteseile zu. Ein Schlepper setzte sich an die Spitze.

Und wieder brach ein Schleppzug Richtung Belgien und Holland auf.

Es regnete kaum noch. Ein leichter Nieselregen sprühte feine Wassertropfen auf die Schultern.

Irgendwo läuteten die Glocken. Hinter einem Fenster im Haus der Flamen brannte Licht. Dann öffnete sich die Ladentür. Madame Peeters schloss sie behutsam hinter sich und eilte davon, in der Hand ein in Leinen gebundenes Messbuch.

Maigret verbrachte den ganzen Vormittag draußen. Nur ab und an suchte er ein Café auf, um einen Schnaps zu trinken und sich aufzuwärmen. Ein paar erfahrene Schiffer prophezeiten, es werde frieren, was einer Katastrophe für die überfluteten Gegenden gleichkäme.

Um halb acht war Madame Peeters von der Messe zurück. Sie stieß die Fensterläden des Geschäfts auf und machte in der Küche Feuer.

Erst gegen neun zeigte sich Joseph einen Augenblick lang vor der Tür, ohne Hemdkragen, ungewaschen und unrasiert, mit zerzaustem Haar.

Um zehn Uhr ging er mit Anna, die einen neuen beigefarbenen Mantel trug, zur Messe.

Im Café des Mariniers wusste man noch nicht, ob ein Schlepper, den man erwartete, bereit sein würde, am selben Tag mit einem Schiffszug zurückzufahren. Also harrten die Schiffer die ganze Zeit im Café aus und traten nur gelegentlich vor die Tür, um flussabwärts zu blicken.

Es war fast zwölf, als Gérard Piedbœuf im Sonntagsanzug das Haus verließ, in gelben Schuhen, mit einem hellen Filzhut und Handschuhen. Er ging dicht an Maigret vorüber. Sein erster Gedanke war sicher, ihn nicht anzusprechen, ja ihn nicht einmal zu grüßen. Aber er konnte seinem Verlangen nicht widerstehen, sich in Szene zu setzen und dem Kommissar mitzuteilen, was er dachte.

»Ich bin Ihnen unangenehm, nicht wahr? Sie müssen mich geradezu verabscheuen!«

Er hatte tiefe Schatten unter den Augen. Seit dem Zwischenfall im Café de la Mairie fand er keine Ruhe.

Maigret zuckte mit den Schultern und kehrte ihm den Rücken. Er sah die Hebamme, die das Kind in einen Kinderwagen setzte und Richtung Marktplatz schob.

Machère war nirgendwo zu sehen. Erst kurz vor eins traf Maigret ihn, im Café de la Mairie. Gérard saß wieder mit seinem Freund und den beiden jungen Frauen an einem Tisch.

Bei Machère waren drei Männer, die der Kommissar schon einmal gesehen zu haben glaubte.

»Der stellvertretende Bürgermeister … der Polizeikommissar … sein Sekretär«, stellte der Inspektor vor.

Alle waren im Sonntagsstaat und tranken Anisschnaps. Vor jedem lagen bereits drei Untersetzer. Machère gab sich außerordentlich selbstsicher.

»Ich habe den Herren gesagt, dass die Ermittlungen beinahe abgeschlossen sind. Es hängt jetzt nur noch von der belgischen Polizei ab. Ich bin erstaunt, dass ich noch kein Telegramm aus Brüssel erhalten habe, der Schiffer müsste doch längst verhaftet sein.«

»Sonntags nach elf Uhr werden keine Telegramme mehr ausgetragen«, sagte der stellvertretende Bürgermeister. »Es sei denn, Sie holen sie selbst bei der Post … Was dürfen wir Ihnen anbieten, Kommissar? Wissen Sie, dass man hier viel von Ihnen gesprochen hat?«

»Wie nett!«

»Nicht im Guten. Man hat Ihr Verhalten als …«

»Garçon, ein Bier, bitte! Aber schön kalt!«

»Sie trinken um diese Tageszeit schon Bier?«

Marguerite schritt mit aufrechtem Gang am Café vorüber, sie hielt sich offenbar für die eleganteste Frau der Stadt und zog alle Blicke auf sich.

»Das Ärgerliche ist, dass diese Sittlichkeitsdelikte … Sehen Sie, seit zehn Jahren hat es hier so etwas nicht mehr gegeben. Das letzte Mal hat ein polnischer Arbeiter …«

»Entschuldigen Sie mich, Messieurs …«

Maigret eilte hinaus und schritt auf Anna Peeters und ihren Bruder zu, die hoch erhobenen Hauptes die Hauptstraße entlanggingen, als wollten sie jedem Verdacht trotzen.

»Ich werde mir erlauben, Sie heute Nachmittag zu besuchen, wie ich es gestern angekündigt habe.«

»Wann etwa?«

»Um halb vier. Passt Ihnen das?«

Er kehrte allein und mit mürrischer Miene in sein Hotel zurück, wo er an einem etwas abseits stehenden Tisch zu Mittag aß.

»Verbinden Sie mich bitte mit Paris.«

»Das ist sonntags nach elf Uhr nicht mehr möglich.«

»Na, dann eben nicht.«

Während er aß, stieß er in einer Lokalzeitung auf eine Schlagzeile, die ihn amüsierte:

Das Geheimnis von Givet wird immer undurchsichtiger …

Für ihn gab es kein Geheimnis mehr.

»Bringen Sie mir noch eine Portion Bohnen!«, rief er dem Kellner zu.

9

Rund um einen Korbsessel

Von all den kleinen Sonntagsritualen der Familie verblüffte Maigret am meisten, dass man den Korbsessel des alten Peeters ins Esszimmer trug.

Während der Woche hatten der Sessel und folglich auch der Alte ihren Platz am Ofen in der Küche. Selbst wenn im Esszimmer Besuch empfangen wurde, blieb der alte Peeters dort sitzen.

Aber es gab einen Sonntagsplatz am Fenster, das auf den Hof ging. Die Meerschaumpfeife mit dem langen Holm aus Kirschholz lag auf der Fensterbank neben einem Tabaktopf.

Doktor Van de Weert saß in einem kleineren Ledersessel vor dem Kamin, in dem die Kohlen glühten, und hatte seine dicken, kurzen Beine übereinandergeschlagen.

Während er den Bericht des belgischen Gerichtsmediziners las, wiegte er unablässig den Kopf. Bald nickte er zustimmend, bald schien er erstaunt und begleitete seine Lektüre mit kleinen Gesten.

Schließlich reichte er Maigret den Bericht. Marguerite, die zwischen ihnen saß, griff danach, doch ihr Vater sagte:

»Nein, du nicht!«

»Wahrscheinlich ist er für Sie von größerem Interesse«, sagte Maigret und gab den Bericht an Joseph Peeters weiter.

Sie saßen alle um den Tisch: Joseph und Marguerite, Anna und ihre Mutter, die von Zeit zu Zeit aufstand, um nach dem Wasser für den Kaffee zu sehen.

Nach belgischer Sitte trank der Doktor Burgunder. Dazu rauchte er eine Zigarre und wedelte mit dem glühenden Ende immerzu unter seinem Kinn herum.

Auf dem Küchentisch hatte Maigret im Vorbeigehen ein halbes Dutzend Torten stehen sehen.

»Gewiss ein vorzüglicher Bericht. Allerdings erfährt man nicht, ob …«

Er sah seine Tochter verlegen an.

»Sie verstehen, was ich sagen will. Es finden sich keine Angaben darüber, ob …«

»… ob sie vergewaltigt wurde«, ergänzte Maigret unmissverständlich.

Beinahe wäre er in lautes Gelächter ausgebrochen, als er in das empörte Gesicht des Doktors blickte, für den es unvorstellbar schien, dass irgendwer es wagen könnte, diese Worte auszusprechen.

»Das wäre interessant zu wissen, denn in solchen Fällen ... Schauen Sie, im Jahr 1911 zum Beispiel ...«

Er redete munter weiter und beschrieb in gewählter Ausdrucksweise irgendeinen Fall. Der Kommissar hörte ihm nicht zu. Er beobachtete Joseph Peeters, der den Bericht las, in dem schonungslos dargestellt war, wie Germaine Piedbœufs Leiche aussah, als man sie aus der Maas gefischt hatte.

Joseph war kreidebleich. Er hatte die gleichen spitzen Nasenflügel wie seine Schwester Maria. Fast schien es, als wollte er Maigret den Bericht zurückgeben. Aber dann las er doch weiter. Als er umblättern wollte, hielt ihn Anna, die sich über seine Schulter gebeugt hatte, zurück.

»Moment ...«

Ihr fehlten noch drei Zeilen. Dann begannen sie beide auf der nächsten Seite, die mit den Worten begann:

Die auffällig große Fraktur der Schädeldecke lässt darauf schließen, dass jegliche Hirnsubstanz zerstört wurde ...

»Würden Sie Ihr Glas bitte halten, Herr Kommissar? Ich möchte den Tisch decken.«

Madame Peeters stellte den Aschenbecher, die Zigarren und die Flasche Genever auf den Kaminsims und breitete eine handgestickte Decke über dem Tisch aus.

Anna und Joseph lasen noch immer. Marguerite betrachtete sie voller Neid. Der Doktor hatte bemerkt, dass man ihm nicht zuhörte, und rauchte nun schweigend.

Als Joseph Peeters die zweite Seite gelesen hatte, war alle Farbe aus seinem Gesicht gewichen. Schatten zeichneten sich um die Nasenflügel ab, Schweißtropfen lagen auf seinen Schläfen. Er vergaß umzublättern, und Anna tat es statt seiner. Sie allein las den Bericht zu Ende.

Marguerite erhob sich und berührte den jungen Mann an der Schulter.

»Mein armer Joseph! Du hättest das nicht lesen sollen. Geh doch lieber einen Moment an die frische Luft.«

Das kam Maigret gelegen.

»Eine gute Idee! Ich muss mir auch ein wenig die Beine vertreten …«

Kurz darauf standen sie beide ohne Hut auf dem Quai. Es regnete nicht mehr. Ein paar Männer nutzten noch die kleinste Lücke zwischen den festgemachten Kähnen, um ihre Angeln auszuwerfen. Von der anderen Seite der Brücke hallte die Pausenglocke eines Kinos herüber.

Joseph Peeters zündete sich nervös eine Zigarette an und starrte auf den unruhigen Fluss.

»Das geht Ihnen nahe, nicht wahr? Entschuldigen Sie meine Frage: Wollen Sie Marguerite immer noch heiraten?«

Schweigen breitete sich aus. Joseph hatte sich abgewandt, sodass Maigret nur sein Profil sah. Joseph betrachtete erst die Ladentür mit der transparenten Reklame, dann wanderte sein Blick zur Brücke und zurück auf den Fluss.

»Ich weiß nicht …«

»Dennoch haben Sie sie geliebt.«

»Warum haben Sie mir diesen Bericht gegeben?«

Und er strich sich mit der Hand über die Stirn, die trotz der kalten Luft noch feucht war.

»War Germaine viel weniger hübsch?«

»Hören Sie auf … Ich weiß es nicht. Ich habe so oft zu hören bekommen, wie hübsch Marguerite sei, wie reizend, klug und wohlerzogen …«

»Und jetzt?«

»Ich weiß es nicht …«

Das Sprechen fiel ihm schwer. Nur widerwillig fand er Worte gegen das Schweigen, das ihm noch unerträglicher war. Seine Finger hatten das Zigarettenpapier zerfetzt.

»Ist sie nach wie vor bereit, Sie zu heiraten, trotz des Kindes?«

»Sie will es adoptieren.«

Sein Gesicht war wie versteinert. Aber man spürte, wie verzweifelt, wie müde er sein musste.

Er beobachtete Maigret verstohlen, fürchtete weitere Fragen.

»Ihre Familie scheint davon auszugehen, dass die Hochzeit bald stattfindet. Ist Marguerite Ihre Geliebte?«

Er grollte leise:

»Nein.«

»Hat sie nicht gewollt?«

»Ich wollte nicht. Ich habe nicht einmal daran gedacht. Aber das können Sie wohl nicht verstehen …«

Und plötzlich wütend:

»Ich werde sie heiraten müssen. Mir bleibt keine Wahl! So sieht es aus!«

Die beiden Männer sahen einander noch immer nicht an. Maigret, der keinen Mantel trug, begann zu frieren.

In diesem Augenblick öffnete sich die Ladentür. Man hörte die Klingel, die dem Kommissar inzwischen vertraut war, und dann Marguerite, die mit betont sanfter und schmeichelnder Stimme rief:

»Joseph! Wo bleibst du denn?«

Die Blicke der beiden Männer begegneten sich, und es schien, als wiederholte Joseph:

So sieht es aus!

Marguerite fuhr fort:

»Du wirst dich erkälten. Alle sind schon bei Tisch. Was hast du? Du bist so blass …«

Ein kurzes Innehalten, ein letzter Blick auf die Straßenecke, hinter der das Haus der Piedbœufs stand, das vom Laden aus nicht zu sehen war.

Madame Peeters sagte kaum ein Wort, als hielte sie sich immerzu vor Augen, dass sie bloß eine einfache Frau war. Sobald aber eines ihrer Kinder sprach, stimmte sie mit einem Lächeln oder einem Kopfnicken zu.

»Entschuldigen Sie meine Taktlosigkeit, Herr Kommissar … Wahrscheinlich ist es eine dumme Frage …«

Sie legte Maigret ein großes Stück Reistorte auf den Teller.

»Ich habe gehört, an Bord der Étoile Polaire wurden ein paar Gegenstände gefunden und der Schiffer sei geflüchtet … Er ist ein paar Mal im Laden gewesen. Ich habe ihn hinauswerfen müssen, weil er alles auf Kredit haben wollte und von morgens bis abends betrunken war. Aber ich wollte eigentlich etwas anderes sagen … Wenn er geflüchtet ist, beweist das doch seine Schuld. Und dann sind die Ermittlungen abgeschlossen, nicht wahr?«

Anna aß ungerührt von ihrer Torte, ohne Maigret anzusehen. Marguerite sagte zu Joseph:

»Ein kleines Stück wenigstens. Bitte, tu es mir zuliebe.«

Maigret wandte sich mit vollem Mund an Madame Peeters:

»Ich könnte Ihnen darauf antworten, wenn ich die Untersuchung leiten würde, aber das ist nicht der Fall. Vergessen Sie nicht, dass Ihre Tochter mich gebeten hat, herzukommen, damit ich beweise, dass Sie alle unschuldig sind …«

Van de Weert rutschte unruhig auf seinem Stuhl hin und her, wie jemand, der etwas sagen möchte, aber nicht zu Wort kommt.

»Aber …«

»Inspektor Machère trägt allein die Verantwortung, und …«

»Aber es gibt doch eine Rangordnung, Herr Kommissar. Er ist nur Inspektor, und Sie sind …«

»Hier bin ich nichts. Schauen Sie, würde ich in diesem Augenblick einem von Ihnen eine Frage stellen, hätte er das Recht, die Aussage zu verweigern … Ich bin an Bord des Lastkahns gegangen, weil der Schiffer nichts dagegen hatte. Nur zufällig habe ich dort die Tatwaffe gefunden und ebenso zufällig den Mantel des Opfers …«

»Aber …«

»Nichts aber! Man wird versuchen, den Mann festzunehmen. Vielleicht ist es schon geschehen. Er kann jedoch einiges zu seiner Verteidigung anführen. Zum Beispiel könnte er behaupten, er habe den Mantel und den Hammer gefunden und beides behalten, ohne zu wissen, worum es sich handelte. Er könnte auch sagen, er sei aus Angst geflüchtet. Schließlich hat er schon ein paar Mal mit der Justiz zu tun gehabt und weiß, dass man ihm nicht so leicht glauben wird …«

»Aber das alles hat doch weder Hand noch Fuß!«

»Eine Anklage klingt manchmal auch nicht überzeugend, ebenso wenig die Verteidigung … Man könnte auch noch andere der Tat beschuldigen. Wissen Sie, dass ich heute Mittag erfahren habe, dass Gérard, Germaines Bruder, seit einem Monat nicht weiß, wie er sich aus der misslichen Lage befreien soll, in die er sich gebracht hat? Er steht überall in der Kreide. Aber das Schlimmste ist, dass man ihn überführt hat, Geld aus der Kasse genommen zu haben, und bis die Summe abgezahlt ist, behält man jeden Monat die Hälfte seines Gehalts ein.«

»Ist das wahr?«

»Und von da ist es nur ein kleiner Schritt bis zu dem Verdacht, er könne seine Schwester umgebracht haben, um Schadenersatz einzustreichen.«

»Das wäre ja furchtbar!«, seufzte Madame Peeters.

»Sie haben ihn doch ziemlich gut gekannt«, sagte Maigret an Joseph gewandt.

»Wir haben uns ab und zu getroffen. Aber das ist lange her.«

»Vor der Geburt des Kindes, nicht wahr? Sie haben Ausflüge gemacht. Wenn ich mich nicht irre, hat sogar Ihre Schwester Anna Sie zu den Grotten von Rochefort begleitet.«

»Stimmt das?«, fragte Madame Peeters verwundert und schaute zu ihrer Tochter. »Das wusste ich gar nicht.«

»Ich kann mich nicht erinnern«, erwiderte Anna und aß seelenruhig weiter, während sie ihren Blick auf den Kommissar heftete.

»Das ist auch nicht weiter wichtig … Doch was wollte ich sagen? Würden Sie mir noch ein Stück Torte geben, Mademoiselle Anna? Nein, nicht von der Obsttorte. Ich bleibe Ihrer wunderbaren Reistorte treu … Haben Sie sie gebacken?«

»Ja, das hat sie!«, beeilte sich ihre Mutter zu bekräftigen.

Es herrschte Schweigen, weil Maigret nichts mehr sagte und niemand sich traute, das Wort zu ergreifen. Nur ein Kauen war zu hören.

Der Kommissar ließ seine Gabel zu Boden fallen und bückte sich, um sie aufzuheben. Dabei sah er, dass Marguerites Fuß in ihrem vornehmen Schuh auf dem von Joseph ruhte.

»Inspektor Machère ist ein schlauer Bursche.«

»Mir kommt er nicht sehr intelligent vor«, sagte Anna mit Nachdruck. Und Maigret lächelte ihr wissend zu.

»Nur wenige Leute wirken intelligent. Zum Beispiel übernehme ich gern die Rolle des Dummkopfs, sobald ich es mit einem möglichen Täter zu tun habe …«

Es war das erste Mal, dass Maigret sich zu so einer vertraulichen Bemerkung hinreißen ließ.

»Ihre Stirn können Sie nicht verändern«, warf Doktor Van de Weert ein. »Und für jemanden, der etwas von Phrenologie versteht … Sehen Sie, ich könnte wetten, dass Sie leicht aufbrausend sind.«

Die Kaffeetafel wurde schließlich aufgehoben. Der Kommissar schob als Erster seinen Stuhl zurück und nahm seine Pfeife zur Hand, um sie zu stopfen.

»Wissen Sie, was Sie tun sollten, Mademoiselle Marguerite? Setzen Sie sich doch ans Klavier und spielen Sie *Solveigs Lied* für uns …«

Sie zögerte und sah Joseph ratsuchend an, während Madame Peeters murmelte:

»Sie spielt so gut! Und wie sie singt!«

»Ich bedaure nur, dass Mademoiselle Marias verstauchter Fuß sie daran hindert, bei uns zu sein. Heute ist ja mein letzter Tag …«

Anna blickte ihn verblüfft an.

»Sie fahren schon wieder?«

»Noch heute Abend. Ich bin schließlich nicht im Ruhestand und außerdem verheiratet. Meine Frau wartet schon ungeduldig auf meine Rückkehr.«

»Und Inspektor Machère?«

»Ich weiß nicht, was er vorhat. Ich nehme an …«

Die Ladenklingel ertönte. Eilige Schritte waren zu hören, dann klopfte es an der Tür zum Esszimmer.

Es war Machère, der sehr aufgeregt zu sein schien.

»Ist der Kommissar hier?«

Er war so überrascht, die ganze Familie anzutreffen, dass er Maigret nicht gleich entdeckt hatte.

»Was gibt es?«

»Ich muss Sie sprechen.«

»Gestatten Sie?«

Und Maigret ging mit dem Inspektor in den Laden, wo Machère sich mit den Ellbogen auf die Theke stützte.

»Wie mir diese Leute zuwider sind!«

Machère deutete aufgebracht mit dem Kinn zur Tür.

»Allein der Duft ihres Kaffees und ihrer Torten …«

»Wollten Sie mir das sagen?«

»Nein! Ich habe Nachricht aus Brüssel. Der Zug ist pünktlich dort angekommen.«

»Aber der Schiffer war nicht mehr drin.«

»Das wissen Sie schon?«

»Ich habe es geahnt. Haben Sie ihn für einen Dummkopf gehalten? Ich nicht! Er ist bestimmt in irgendeinem kleinen Bahnhof in einen anderen Zug und dann in einen weiteren umgestiegen. Heute Abend wird er vielleicht schon in Deutschland sein, in Amsterdam oder sogar in Paris.«

Machère sah ihn grinsend an.

»Wenn er Geld hätte!«

»Was wollen Sie damit sagen?«

»Ich habe Nachforschungen über diesen Cassin angestellt. Gestern Morgen konnte er im Bistro seine Schulden nicht bezahlen, und der Wirt hat sich geweigert, ihm noch etwas zu trinken zu geben … Aber es kommt noch besser! Er hatte einfach überall Schulden. Also haben die Händler beschlossen, sein Schiff nicht auslaufen zu lassen.«

Maigret blickte seinen Kollegen gleichgültig an.

»Und?«

»Damit habe ich mich nicht begnügt, und das war nicht einfach, denn heute ist Sonntag, und die meisten Leute sind nicht zu Hause. Ich bin sogar zum Kino gegangen, um bestimmte Leute zu befragen.«

Maigret rauchte seine Pfeife, legte Gewichte in die beiden Waagschalen und versuchte dann, das Gleichgewicht wiederherzustellen.

»Ich habe erfahren, dass Gérard Piedbœuf sich gestern zweitausend Franc geliehen hat. Den Schuldschein hat sein Vater unterschrieben, denn seine eigene Unterschrift zählt nichts mehr.«

»Haben sich die beiden getroffen?«

»Exakt! Ein Zöllner hat Gérard Piedbœuf und Cassin in der Nähe des belgischen Zolls gesehen. Sie sind am Ufer entlanggegangen.«

»Wie spät war es da?«

»Etwa zwei Uhr.«

»Großartig.«

»Was ist daran großartig? Wenn Piedbœuf dem Schiffer Geld gegeben hat …«

»Hüten Sie sich vor voreiligen Schlüssen, Machère. Das ist sehr gefährlich.«

»Trotzdem ist der Mann, der am Morgen keinen Sou hatte, nachmittags mit dem Zug weggefahren. Und er hatte Geld in der Tasche. Ich war am Bahnhof. Er hat seine Fahrkarte mit einem Tausend-Franc-Schein bezahlt. Und davon soll er noch mehr gehabt haben.«

»Mehrere oder bloß *einen*?«

»Vielleicht einen, vielleicht auch mehr … Was würden Sie an meiner Stelle tun?«

»Ich?«

»Ja.«

Maigret seufzte, klopfte seine Pfeife am Absatz aus und deutete auf die Küchentür:

»Ich würde hineingehen und ein Gläschen Genever trinken. Zumal man uns etwas auf dem Klavier vorspielen wird!«

»Das ist alles, was …«

»Kommen Sie! Um diese Zeit können Sie in

der Stadt doch nichts mehr ausrichten … Wo ist Gérard Piedbœuf?«

»Im Kino Scala mit einer Fabrikarbeiterin.«

»Ich wette, sie haben eine Loge genommen!«

Mit einem Lächeln schob Maigret seinen Kollegen durch die Küche ins Esszimmer, wo die Dämmerung alle Konturen zu verwischen begann. Ein Rauchfaden stieg langsam aus Van de Weerts Sessel auf. Madame Peeters ging in die Küche, um das Geschirr zu spülen. Marguerite saß am Klavier und ließ ihre Finger lässig über die Tasten gleiten.

»Möchten Sie wirklich, dass ich spiele?«

»Ja, natürlich! Setzen Sie sich hierhin, Machère.«

Joseph lehnte an der Wand, den rechten Ellbogen auf dem Kaminsims, und blickte zum Fenster hinaus ins Zwielicht.

Der Winter mag scheiden,
der Frühling vergehn,
der Sommer mag verwelken,
das Jahr verwehn …

Marguerites Stimme fehlte es an Kraft. Sie bemühte sich durchzuhalten. Zweimal schlug sie einen falschen Akkord an.

Mein holder Verlobter,
gewiss, du wirst mein …

Anna war nicht mehr im Zimmer. Sie war auch nicht in der Küche, in der Madame Peeters aus Respekt vor der Musik so leise wie möglich hantierte.

Ich hab' es versprochen,
ich harre treulich dein …

Marguerite konnte Josephs Gestalt im Halbdunkel nicht mehr sehen. Er hatte seine Zigarette ausgehen lassen.

Die Nacht brach herein, und die glühenden Kohlen legten einen dunkelroten Schimmer auf alle Gegenstände im Raum, vor allem auf die lackierten Tischbeine.

Zum großen Erstaunen Machères, der sich nicht zu rühren wagte, verließ Maigret den Salon, so leise, dass niemand sonst es bemerkte. Er stieg die Treppe hinauf, ohne dass auch nur eine Stufe knarrte, und stand schließlich vor zwei geschlossenen Türen. Der Treppenabsatz lag in nahezu vollkommener Dunkelheit, nur die Türgriffe aus weißem Porzellan bildeten zwei helle Flecke. Schließlich steckte der Kommissar seine noch brennende Pfeife in die Tasche, drehte an einem der Knäufe, trat ein und schloss die Tür hinter sich.

Anna war dort. Durch die zugezogenen Vorhänge war der Raum noch dunkler als das Esszimmer. Als läge grauer Staub in der Luft, der an manchen Stellen, vor allem in den Ecken, undurchsichtig schien.

Anna rührte sich nicht. Hatte sie ihn nicht gehört?

Sie stand am Fenster, im Gegenlicht, und blickte auf die Uferlandschaft der Maas. Am anderen Ufer brannten schon die Laternen, die spitze Strahlen ins Halbdunkel warfen.

Von hinten sah es aus, als weinte sie. Sie war groß. Sie wirkte kräftiger als je zuvor, noch mehr wie eine Statue.

Ihr graues Kleid schien förmlich mit der Umgebung zu verschmelzen.

Eine Diele, eine einzige, knarrte in dem Augenblick, da Maigret nur noch einen Schritt von der jungen Frau entfernt war, aber Anna erschrak nicht.

Dann legte er ihr überraschend sanft die Hand auf die Schulter und seufzte wie jemand, der sich endlich einem Menschen anvertrauen kann.

»Hier sind Sie …«

Sie drehte sich zu ihm herum. Sie war ruhig. Nicht ein Fältchen störte die strenge Harmonie ihrer Gesichtszüge.

Nur der Hals schien ein wenig anzuschwellen, langsam, wie unter einem rätselhaften inneren Druck.

Die Töne des Klaviers hallten herauf, und man konnte jede Silbe von *Solveigs Lied* verstehen:

Gott helfe dir, wenn du
die Sonne noch siehst …

Zwei helle Augen suchten die Augen Maigrets, während sich die Lippen wie zu einem Schluchzen verzogen, um gleich wieder zu erstarren, so wie die ganze Gestalt.

10

Solveigs Lied

»Was tun Sie hier?«

Seltsam, ihre Frage klang nicht aggressiv. Anna sah Maigret verärgert, vielleicht erschrocken, aber nicht hasserfüllt an.

»Sie haben gehört, was ich vorhin gesagt habe. Ich reise heute Abend ab. Wir haben ein paar Tage in engem Austausch verbracht …«

Er ließ seine Augen über das Bett der beiden Mädchen gleiten, über das Eisbärfell, das als Bettvorleger diente, über die Tapete mit den rosafarbenen Blümchen und den Spiegelschrank, der nur noch die nächtlichen Schatten zurückwarf.

»Ich wollte nicht gehen, ohne ein letztes Mal mit Ihnen gesprochen zu haben.«

Das Rechteck des Fensters war wie eine Leinwand, auf der sich Annas Gestalt abzeichnete, doch mit jeder Minute wurde das Bild undeutlicher. Maigret bemerkte ein Detail, das ihm bislang nicht aufgefallen war. Noch vor einer Stunde hätte er nicht sagen können, wie sie ihr Haar frisierte. Jetzt wusste er es. Sie trug es zu einem straffen

Zopf geflochten, der schwer auf ihrem Nacken lag.

»Anna!«, rief Madame Peeters von unten.

Das Klavier war verstummt. Man hatte bemerkt, dass die beiden verschwunden waren.

»Ja! Ich bin hier oben.«

»Hast du den Kommissar gesehen?«

»Ja! Wir kommen gleich …«

Sie war zur Tür gegangen, um zu antworten, und kam nun wieder zurück. Sie sah Maigret an, ernst und mit dramatisch starrem Blick.

»Was haben Sie mir zu sagen?«

»Das wissen Sie genau!«

Sie wandte den Kopf nicht ab, sondern sah ihm weiter fest in die Augen, die Hände über den Bauch gefaltet wie eine alte Frau.

»Was werden Sie tun?«

»Ich habe es Ihnen schon gesagt: nach Paris zurückfahren.«

Ihre Stimme wurde brüchig:

»Und ich?«

Es war das erste Mal, dass sie eine Regung zeigte. Sie merkte es selbst und ging, wahrscheinlich um sich wieder zu beherrschen, zum Schalter und machte Licht.

Die Lampe hatte einen gelben Seidenschirm und warf nur einen Lichtkreis von zwei Metern Durchmesser auf den Boden.

»Ich muss Ihnen eine Frage stellen«, sagte Maigret. »Woher kam das Geld? Es musste schnell gehen, nicht wahr? Die Summe musste in wenigen Minuten beschafft werden. Die Bank hatte geschlossen. Sie haben sicher keine großen Geldbeträge im Haus. Und kein Telefon …«

Die Zeit kroch dahin. Eine intensive Stille umfing sie. Und Maigret atmete sie wieder, diese ruhige, kleinbürgerliche Atmosphäre. Man konnte das leise Murmeln im Salon erahnen: Doktor Van de Weert, der seine kurzen Beine zum Ofen ausstreckte, Joseph und Marguerite, die sich wortlos ansahen. Machère, der zunehmend ungeduldig wurde, und Madame Peeters, die ihr Strickzeug zur Hand nahm oder erneut Genever in die Gläser füllte.

Aber der Kommissar blickte immer noch in Annas helle Augen. Schließlich antwortete sie leise:

»Es war Marguerite …«

»Hatte sie das Geld zu Hause?«

»Geld und Wertpapiere. Sie verwaltet den Teil des Vermögens, den sie von ihrer Mutter geerbt hat, selbst.«

Und dann wiederholte sie ihre Frage:

»Was werden Sie tun?«

Im selben Moment wurden ihre Augen feucht, aber der Glanz verschwand gleich wieder, und Maigret glaubte, er habe sich getäuscht.

»Und Sie?«

Die Tatsache, dass diese Frage unablässig wiederkehrte, bewies, dass sich beide davor fürchteten, das Unvermeidbare anzusprechen.

»Wie haben Sie Germaine Piedbœuf in Ihr Zimmer gelockt? Warten Sie, antworten Sie noch nicht … Sie ist an jenem Abend von allein gekommen, um sich nach Joseph zu erkundigen und den Unterhalt für das Kind zu fordern. Ihre Mutter hat sie empfangen. Und Sie sind auch in den Laden gegangen … Hatten Sie da schon vor, sie zu töten?«

»Ja!«

Keine Erregung mehr, keine Panik. Eine klare Stimme.

»Seit wann hatten Sie diesen Plan?«

»Seit etwa einem Monat.«

Maigret setzte sich auf die Kante des Bettes der beiden Mädchen, strich sich mit der Hand über die Stirn und betrachtete die Tapete, die seinem Gegenüber als Hintergrund diente.

Man hätte meinen können, sie sei stolz auf ihre Tat. Sie nahm die ganze Verantwortung auf sich, erklärte sogar, vorsätzlich gehandelt zu haben.

»Lieben Sie Ihren Bruder so sehr?«

Er wusste es. Und das galt nicht nur für Anna. Vielleicht rührte es daher, dass der alte Peeters für seine Familie schon lange nicht mehr zählte? Die drei Frauen jedenfalls, seine Mutter und seine beiden Schwestern, verband ihre grenzenlose Verehrung für den jungen Mann, und in Annas Fall hätte man beinahe denken können, ihre Liebe gehe darüber hinaus.

Er war nicht schön. Er war mager und hatte unregelmäßige Gesichtszüge. Seine schlaksige Gestalt, seine große Nase und sein müder Blick strahlten Überdruss aus.

Und doch war er für sie ein Gott! Und auch Marguerite liebte ihn wie einen Gott.

Als wären sie alle einer hypnotischen Kraft erlegen. Es drängte sich einem geradezu das Bild der beiden Schwestern, der Mutter und der Cousine auf, die ganze Nachmittage im Salon damit zubrachten, von ihm zu sprechen …

»Ich wollte nicht, dass er sich umbringt!«

Plötzlich war Maigret nahe daran, die Beherrschung zu verlieren. Er sprang auf und ging im Zimmer auf und ab.

»Hat er das gesagt?«

»Wenn er Germaine hätte heiraten müssen, hätte er sich noch in der Hochzeitsnacht umgebracht …«

Er zuckte heftig mit den Schultern, aber er lachte nicht. Er erinnerte sich an das, was Joseph ihm kurz zuvor gesagt hatte. Joseph, der nicht einmal mehr wusste, wen er liebte! Joseph, der vor Marguerite fast ebensolche Angst hatte wie vor Germaine Piedbœuf! Nur um seine Schwestern zu betören und sich ihrer Bewunderung zu vergewissern, hatte er den romantischen Liebhaber gespielt.

»Sein Leben war zerstört …«

Und wie gut das alles zu *Solveigs Lied* passte!

Mein holder Verlobter,
gewiss, du wirst mein …

Sie hatten es alle geglaubt, hatten sich in die Welt der Musik und Poesie geflüchtet und ihr Geheimnis gewahrt.

Mit seinen schlechtsitzenden Anzügen und den kurzsichtigen Augen war der *holde Verlobte* für sie dennoch ein schöner Mann.

»Haben Sie mit jemandem über Ihren Plan gesprochen?«

»Nein.«

»Nicht einmal mit ihm?«

»Mit ihm schon gar nicht!«

»Und Sie hatten den Hammer seit einem Monat in Ihrem Zimmer? Warten Sie, ich beginne zu verstehen!«

Maigret begann schwerer zu atmen. Ihm wurde mit einem Mal bewusst, dass ebenso viel Schäbigkeit wie Tragik in diesem Drama lag.

Er wagte kaum noch, Anna anzublicken. Sie selbst rührte sich nicht.

»Man durfte Sie keinesfalls erwischen, nicht

wahr? Denn dann hätte Joseph nicht gewagt, Marguerite zu heiraten. Sie haben über verschiedene Waffen nachgedacht. Ein Revolver wäre zu laut gewesen. Und da Germaine nie bei Ihnen zu Tisch war, konnten Sie ihr kein Gift verabreichen. Wären Sie stark genug, hätten Sie sie wohl erwürgt.«

»Ich habe daran gedacht.«

»Schweigen Sie, um Gottes willen! Sie haben den Hammer auf irgendeiner Werft gefunden. Sie waren klug genug, keinen Gegenstand aus Ihrem eigenen Haushalt zu nehmen …

Unter welchem Vorwand haben Sie Germaine in Ihr Zimmer gelockt?«

Gelassen erklärte sie:

»Sie hatte im Laden geweint. Sie war eine von denen, die immerzu weinen. Meine Mutter hatte ihr fünfzig Franc für den Unterhalt gegeben. Ich bin mit ihr hinausgegangen und habe ihr versprochen, ihr die übrigen fünfzig selbst zu geben.«

»Und dann sind Sie beide im Dunkeln um das Haus herumgegangen, durch die Hintertür wieder herein- und in den ersten Stock hinaufgegangen.«

Er blickte zur Tür und fuhr mit gesenkter Stimme, die streng klingen sollte, fort:

»Sie haben die Tür geöffnet und Germaine vor sich hineingehen lassen. Der Hammer lag bereit …«

»Nein!«

»Wie, nein?«

»Ich habe nicht sofort zugeschlagen. Vielleicht hätte ich gar nicht den Mut gehabt. Ich weiß es nicht. Aber dann hat sie auf das Bett geschaut und gesagt:

›Vergnügt sich mein Bruder hier mit Ihnen? Sie haben Glück: *Sie* wissen, wie man es vermeidet, Kinder zu bekommen!‹«

Nicht ein Detail, das nicht gemein, gewöhnlich und schmutzig gewesen wäre.

»Wie viele Schläge?«

»Zwei. Sie ist sofort zusammengesunken. Ich habe sie unter das Bett geschoben.«

»Und dann sind Sie hinuntergegangen, zu Ihrer Mutter, Ihrer Schwester Maria und zu Marguerite, die gerade gekommen war …«

»Meine Mutter war bei meinem Vater in der Küche und mahlte Kaffee für den nächsten Morgen.«

»Anna, wo bleibst du denn?«, rief Madame Peeters erneut. »Der Inspektor möchte gehen …«

Maigret beugte sich über das Geländer:

»Er soll warten!«

Er kehrte ins Zimmer zurück und schloss die Tür.

»Haben Sie Ihrer Schwester und Marguerite gesagt, was geschehen war?«

»Nein! Aber ich wusste, dass Joseph kommen würde. Ich konnte das, was ich tun musste, nicht allein tun. Außerdem wollte ich nicht, dass man meinen Bruder im Haus sieht. Ich habe Maria gesagt, sie soll am Quai auf ihn warten und ihn bitten, sein Motorrad so weit wie möglich vom Haus entfernt stehen zu lassen und herzukommen, ohne dass ihn jemand sieht.«

»Hat sich Maria nicht gewundert?«

»Sie hatte Angst. Sie verstand zwar nicht, aber sie hat gespürt, dass sie gehorchen musste. Marguerite saß am Klavier. Ich habe sie gebeten, zu spielen und zu singen, da ich wusste, dass es oben Geräusche geben würde.«

»Und Sie waren es auch, die an den Wasserbehälter auf dem Dach gedacht hat!«

Maigret zündete seine Pfeife an, die er wie mechanisch gestopft hatte.

»Joseph ist schließlich in Ihr Zimmer gekommen. Was hat er gesagt, als er die Tote sah?«

»Nichts. Er hat das alles nicht begriffen und mich nur entsetzt angeschaut. Er war kaum in der Lage, mir zu helfen …«

»… und die Leiche durch die Luke aufs Dach und dann zu dem Zinkbehälter zu schleppen.«

Große Schweißperlen traten auf Maigrets Stirn, während er vor sich hin murmelte:

»Unfassbar.«

Anna ging darüber hinweg.

»Wenn ich diese Frau nicht umgebracht hätte, wäre Joseph jetzt tot …«

»Wann haben Sie Maria die Wahrheit gesagt?«

»Gar nicht, und sie hat nicht gewagt, mir Fragen zu stellen. Als es hieß, Germaine sei verschwunden, hat sie etwas geahnt. Seitdem ist sie krank.«

»Und Marguerite?«

»Sollte sie einen Verdacht haben, will sie trotzdem nichts wissen. Verstehen Sie?«

Er verstand nur zu gut! Madame Peeters ging weiter im Haus umher, ohne das Geringste zu ahnen, und empörte sich darüber, dass die Leute in Givet ihre Familie des Mordes bezichtigten!

Der Vater saß in seinem Korbsessel, rauchte seine Pfeife und schlief gelegentlich ein …

Joseph zeigte sich so wenig wie möglich, fuhr wieder nach Nancy zurück und überließ seine Schwester ihrem Schicksal.

Und Maria litt Höllenqualen und verbrachte ihre Tage im Ursulinenkloster in der Angst, eines Abends zurückzukehren und zu erfahren, dass alles ans Licht gekommen war.

»Warum haben Sie die Leiche aus dem Wasserbehälter herausgeholt?«

»Sie hätte irgendwann zu riechen begonnen. Ich habe drei Tage gewartet. Als Joseph am Samstag wiederkam, haben wir sie zusammen zur Maas geschleppt.«

Auch auf ihrem Gesicht zeigten sich Schweißperlen, aber nicht auf der Stirn, sondern auf dem zarten Flaum über ihrem Mund.

»Als ich merkte, dass der Inspektor uns verdächtigte und Nachforschungen anstellte, dachte ich mir, ich könnte die Leute zum Schweigen bringen, indem ich mich selbst an die Polizei wandte. Und wenn man die Leiche nicht gefunden hätte …«

»… hätte man den Fall zu den Akten gelegt!«, brummte Maigret.

Während er wieder auf und ab zu gehen begann, fuhr er fort:

»Aber da war noch der Schiffer, der gesehen hatte, wie die Leiche ins Wasser geworfen wurde, und der den Hammer und den Mantel aus dem Fluss gefischt hat …«

Überstieg der Zynismus des Schiffers nicht den eines Berufsverbrechers? Er hatte der Polizei nichts gesagt, schlimmer noch: Er hatte gelogen und durchblicken lassen, dass er mehr wusste, als er zugeben wollte!

Gérard Piedbœuf versprach er, er könne die Peeters mit seiner Aussage hinter Gitter bringen, und als Preis dafür erhielt er zweitausend Franc. Aber er sagte nicht aus. Er wandte sich an Anna, und auch ihr schlug er einen Handel vor.

Wenn sie ihm nichts gäbe, würde er auspacken. Wenn Sie ihm aber die große Summe zahlen würde, die er forderte, würde er die Stadt verlassen, allen Verdacht auf sich ziehen und die Flamen so entlasten!

Es war Marguerite, die gezahlt hatte. Es musste schnell gehen. Maigret hatte schon den Hammer gefunden. Anna konnte den Laden nicht verlassen, ohne dass es aufgefallen wäre. Sie gab dem Schiffer ein paar Zeilen für ihre Cousine, und kurz darauf kam diese angelaufen.

»Was ist geschehen? Warum hast du …?«

»Pst! Joseph wird gleich kommen. Ihr werdet bald heiraten …«

Und die zarte Marguerite hatte nicht gewagt, weitere Fragen zu stellen.

Am Samstagabend hatte sich die Anspannung im Haus gelöst. Der Schiffer war auf der Flucht, die Gefahr gebannt. Jetzt kam es nur noch darauf an, dass er sich nicht fassen ließ!

»Und da Sie das schwache Nervenkostüm Ihrer Schwester Maria fürchteten, haben Sie ihr geraten, in Namur zu bleiben, sich krank zu stellen oder sich den Knöchel zu verstauchen …«

Ihm war, als müsste er ersticken. Wieder ertönte das Klavier, aber diesmal war es *Der Graf von Luxemburg*.

War Anna bewusst, was für ein ungeheuerliches Verbrechen sie begangen hatte? Sie war vollkommen ruhig. Sie wartete. Ihr Blick war offen und klar, wie immer.

»Man wird sich unten beunruhigen«, sagte sie.

»Ja, gehen wir hinunter …«

Aber sie rührte sich nicht. Sie blieb in der Mitte des Zimmers stehen, hielt Maigret am Ärmel fest und sagte:

»Was werden Sie tun?«

»Ich habe es Ihnen schon dreimal gesagt!«, sagte Maigret und seufzte matt. »Ich fahre noch heute Abend nach Paris zurück.«

»Aber … Werden Sie …«

»Das Übrige geht mich nichts an. Ich bin nicht dienstlich hier. Wenden Sie sich an Inspektor Machère …«

»Werden Sie es ihm sagen?«

Maigret antwortete nicht. Er stand bereits auf dem Treppenabsatz und atmete den feinen, süßen Duft, der das ganze Haus erfüllte, und auch den Zimthauch, der alte Erinnerungen in ihm wachrief.

Unter der Tür des Esszimmers fiel ein Streifen Licht hindurch. Die Musik wurde lauter.

Maigret stieß die Tür auf und bemerkte zu seinem Erstaunen, dass Anna, die er nicht hinter sich gehört hatte, gemeinsam mit ihm ins Zimmer trat.

»Was haben Sie beide denn ausgeheckt?«, fragte Doktor Van de Weert, eine riesige Zigarre im Mund, an der er saugte wie ein Kind an einem Schnuller.

»Entschuldigen Sie, Mademoiselle Anna hat mich einer Reise wegen um Rat gefragt, die sie, glaube ich, schon in den nächsten Tagen antreten will.«

Marguerite hatte jäh aufgehört zu spielen.

»Ist das wahr, Anna?«

»Ach, nicht sofort …«

Und Madame Peeters warf besorgte Blicke in die Runde, während sie weiter an ihrem Strumpf strickte.

»Ich habe Ihr Glas gefüllt, Herr Kommissar. Allmählich weiß ich ja, was Ihnen schmeckt.«

Machère beobachtete seinen Kollegen mit besorgter Miene und versuchte zu erraten, was geschehen war.

Joseph hingegen war der Alkohol zu Kopf gestiegen; er hatte gleich mehrere Genever getrunken. Sein Gesicht war tiefrot, die Augen glänzten und seine Hände zitterten.

»Würden Sie mir eine Freude machen, Mademoiselle Marguerite? Spielen Sie mir doch ein letztes Mal *Solveigs Lied* …«

Und zu Joseph gewandt:

»Warum blättern Sie ihr nicht die Seiten um?«

Das hatte etwas Perverses an sich, so, als stieße man mit der Zungenspitze an einen kranken Zahn, um den Schmerz auszulösen.

Maigret stand am Kamin, den Ellbogen auf den Sims gestützt, ein Glas Genever in der Hand. Von dort aus konnte er den ganzen Salon überblicken: Madame Peeters, die sich im Schein der Lampe über den Tisch beugte, Van de Weert, der seine kurzen Beine ausgestreckt hatte und seine Zigarre weiterrauchte, Anna, aufrecht an der Wand lehnend.

Und Marguerite, die am Klavier saß und sich begleitete, während Joseph die Seiten umblätterte.

Auf dem Instrument lag ein Spitzendeckchen, auf dem zahlreiche Fotografien aus Josephs, Marias und Annas Kindertagen standen …

Gott helfe dir, wenn du
die Sonne noch siehst …

Aber es war vor allem Anna, die der Kommissar beobachtete. Er gab sich noch nicht geschlagen. Er erwartete irgendetwas, ohne zu wissen, was genau es war.

Dass ihre Lippen zuckten, dass sie weinte, dass sie vielleicht sogar verzweifelt aus dem Zimmer stürzte …

Die erste Strophe endete, ohne dass dergleichen geschah, und Machère flüsterte dem Kommissar ins Ohr:

»Wollen wir nicht endlich gehen?«

»Ein paar Minuten noch …«

Während des kurzen Wortwechsels blickte Anna sie über den Tisch hinweg an, als wollte sie sich vergewissern, dass ihr keine Gefahr drohte.

Als der Schlussakkord verklang, murmelte Madame Peeters, das weiße Haupt noch immer über ihre Strickarbeit gebeugt:

»Ich habe nie jemandem etwas Schlechtes gewünscht. Aber ich wiederhole: Gott weiß, was er tut. Wäre es nicht ein Unglück gewesen, wenn diese beiden Kinder …«

Vor lauter Rührung hielt sie inne und wischte sie sich mit dem Strumpf eine Träne von der Wange.

Anna zuckte nicht mit der Wimper und hielt ihren Blick auf den Kommissar gerichtet. Machère wurde nervös.

»Gehen wir!«, sagte Maigret. »Entschuldigen Sie, dass wir so plötzlich aufbrechen, aber mein Zug fährt um sieben, und …«

Alle erhoben sich. Joseph wusste nicht, wohin er blicken sollte. Machère suchte nach den richtigen Worten und stammelte vor sich hin, bis er glaubte, sie gefunden zu haben:

»Es tut mir leid, dass wir Sie verdächtigt haben … Aber Sie müssen zugeben, alles sprach gegen Sie … Und wenn der Schiffer nicht geflüchtet wäre …«

»Begleitest du die Herren hinaus, Anna?«

»Ja, Mutter.«

Zu dritt durchquerten sie den Laden. Es war Sonntag und die Tür abgeschlossen. Ein Nachtlicht brannte und spiegelte sich in den Kupferschalen der Waage.

Draußen schüttelte Machère der jungen Frau eifrig die Hand.

»Ich bitte Sie noch einmal um Verzeihung …«

Maigret und Anna sahen sich eine Weile an, bis Anna schließlich sagte:

»Seien Sie unbesorgt. Ich werde nicht hierbleiben …«

Auf dem dunklen Quai redete Machère unentwegt, aber Maigret hörte nur mit halbem Ohr zu.

»Da der Täter jetzt überführt ist, werde ich morgen nach Nancy zurückfahren«, beendete Machère seinen Satz.

Was hatte Anna damit sagen wollen?, fragte sich der Kommissar. *Ich werde nicht hierbleiben …* Wird sie wirklich den Mut aufbringen …

Er ließ seinen Blick über die Maas schweifen, sah die verzerrten Reflexe der Gaslaternen, die alle fünfzig Meter aufeinander folgten. Ein helleres Licht strahlte auf der anderen Uferseite. Es brannte im Hof der Fabrik, wo der alte Piedbœuf auch in dieser Nacht wieder seine Kartoffeln in der Asche garen würde.

Sie kamen an der kleinen Gasse vorbei. Das Haus der Piedbœufs stand dunkel da.

11

Annas Los

Hattest du Erfolg?«

Madame Maigret wunderte sich, dass ihr Mann so schlechter Stimmung war. Sie befühlte den Mantel, aus dem sie ihm gerade herausgeholfen hatte.

»Du bist wieder im Regen herumgelaufen. Irgendwann holst du dir noch eine Lungenentzündung. Was war das für eine Geschichte? Ein Verbrechen?«

»Eine Familienangelegenheit.«

»Und wer war die junge Frau, die dich damals aufgesucht hat?«

»Eine junge Frau eben! Sei so lieb und bring mir meine Pantoffeln.«

»Schon gut, ich werde dich nichts mehr fragen. Jedenfalls nichts über diese Geschichte. Hast du wenigstens gut gegessen in Givet?«

»Ich weiß nicht …«

Das stimmte. Er erinnerte sich kaum daran, was er dort gegessen hatte.

»Rate mal, was ich für dich vorbereitet habe.«

»Quiche.«

Das war nicht schwer zu erraten; die ganze Wohnung duftete danach.

»Hast du Hunger?«

»Ja, Liebes … Gleich. Erzähl mir doch, was du erlebt hast. Übrigens habe ich die Sache mit den Möbeln geregelt.«

Warum verfing sich sein Blick, der durch das Esszimmer wanderte, immer wieder in einer leeren Ecke? Er wusste es nicht, bis seine Frau ihn fragte:

»Suchst du etwas Bestimmtes?«

Sogleich rief er:

»Natürlich! Das Klavier …«

»Was für ein Klavier?«

»Nichts. Du würdest es doch nicht verstehen. Deine Quiche ist ausgezeichnet.«

»Was wäre ich für eine Elsässerin, wenn ich keine Quiche zustande brächte. Aber wenn du so weiter isst, bleibt nichts für mich übrig … Apropos Klavier, die Leute im vierten Stock …«

Ein Jahr später hatte Maigret wegen einer Falschgeldaffäre in einer Exportfirma an der Rue Poissonnière zu tun.

Die Lager waren gewaltig und mit Waren vollgestopft, die Büros dagegen winzig klein.

»Ich lasse Ihnen die falsche Banknote bringen, die ich in einem Geldbündel entdeckt habe«, sagte der Chef und drückte auf eine Klingel.

Maigret sah die Frau in grauem Rock und Baumwollstrümpfen nur aus dem Augenwinkel. Dann wandte er den Kopf und blickte ungläubig in das Gesicht, das sich über den Schreibtisch beugte.

»Ich danke Ihnen, Mademoiselle Anna …«

Und als der Kommissar der Angestellten nachsah, erklärte der Geschäftsmann:

»Sie wirkt ein wenig wie ein Drache, aber so eine Sekretärin kann ich Ihnen nur wünschen. Sie arbeitet für zwei, erledigt die gesamte Korrespondenz und findet daneben noch Zeit, sich um die Buchhaltung zu kümmern.«

»Ist sie schon lange bei Ihnen?«

»Seit etwa einem Jahr.«

»Ist sie verheiratet?«

»Oh nein. Das ist ihr einziger Makel: Sie hasst alle Männer. Einmal hat sich ein Geschäftsfreund den Scherz erlaubt, ihr den Arm um die Hüften zu legen … Sie hätten mal den Blick sehen sollen, den er sich eingefangen hat!

Sie kommt um acht, manchmal auch früher, und abends ist sie die Letzte. Sie muss Ausländerin sein, denn sie hat einen leichten Akzent …«

»Erlauben Sie, dass ich kurz mit ihr spreche?«

»Ich werde sie rufen.«

»Nein, nein, ich würde lieber in ihrem Büro …«

Maigret ging durch eine Glastür. Das Büro lag zu einem Innenhof hin, auf dem zahlreiche Lastwagen standen. Es schien, als ließen die sich endlos aneinanderreihenden Autos und Busse, die sich durch die Rue Poissonnière schlängelten, das ganze Gebäude erzittern.

Anna war ruhig, wie kurz zuvor, als sie sich über den Schreibtisch ihres Chefs gebeugt hatte, und wie damals, als Maigret sie kennengelernt hatte. Sie musste jetzt siebenundzwanzig sein, wirkte aber älter; ihr Teint hatte an Frische verloren, ihre Züge waren welk. In zwei oder drei Jahren würde sie alterslos sein, in zehn Jahren eine alte Frau.

»Haben Sie etwas von Ihrem Bruder gehört?«

Sie wandte den Kopf ab, ohne zu antworten, während sie gedankenverloren ein Löschpapier hin und her wippen ließ.

»Ist er verheiratet?«

Sie nickte nur.

»Glücklich?«

Plötzlich brach sie in jene Tränen aus, auf die Maigret so lange gewartet hatte. Ihre Kehle schwoll an, und sie fuhr ihn an, als wollte sie ihn für alles verantwortlich machen:

»Er hat angefangen zu trinken … Marguerite erwartet ein Kind …«

»Und beruflich?«

»Seine Anwaltskanzlei hat nichts eingebracht. Er musste eine Stellung in Reims annehmen und verdient tausend Franc im Monat.«

Sie tupfte ihre Augen mit einem Taschentuch ab.

»Und Maria?«

»Sie ist gestorben, acht Tage, bevor sie den Schleier nehmen sollte …«

Das Telefon läutete, und sie antwortete mit völlig veränderter Stimme, während sie einen Notizblock zur Hand nahm:

»Ja, Monsieur Worms … Wird erledigt … Morgen Abend. Ich schicke umgehend ein Telegramm. Bezüglich der Wollanlieferung kommt Ihnen noch ein Schreiben mit einigen Beanstandungen zu … Nein, ich habe im Augenblick keine Zeit … Sie finden alles aufgeführt …«

Sie legte den Hörer auf. Ihr Chef stand in der Tür und sah abwechselnd Anna und Maigret an.

Der Kommissar begleitete ihn in sein Büro.

»Und? Hab ich Ihnen zu viel versprochen? Ganz zu schweigen von ihrer Loyalität! Das grenzt schon fast an Dummheit …«

»Wo wohnt sie?«

»Das weiß ich nicht. Jedenfalls kenne ich die Adresse nicht. Ein möbliertes Zimmer in einem Heim für alleinstehende Frauen, das von irgendeiner gemeinnützigen Organisation geleitet wird … Aber sagen Sie mal, Sie machen mir langsam Angst. Sind Sie ihr etwa schon einmal dienstlich begegnet? Das würde mich ein wenig beunruhigen …«

»Nein, nicht dienstlich«, antwortete Maigret

nachdenklich. »Sie haben also in einem Bündel Geldscheine eine falsche Banknote entdeckt …«

Mit einem Ohr hörte er die Frauenstimme im Nebenzimmer sagen:

»Nein, Monsieur, er ist beschäftigt. Sie sprechen mit Mademoiselle Anna … Ich bin im Bilde …«

Von dem Schiffer hörte man nie wieder etwas.

Antibes (Les Roches Grises), Januar 1932

DER GANZE SIMENON

Die erste deutschsprachige Gesamtausgabe

DER GANZE MAIGRET

Alle 75 Maigret-Romane und 28 Maigret-Erzählungen bis Herbst 2020. In neuen oder grundlegend revidierten Übersetzungen. Ausgewählte Romane mit Nachworten von Andrea Camilleri, Clemens Meyer, Karl-Heinz Ott, Rüdiger Safranski, Jean-Luc Bannalec und vielen anderen.

DIE GROSSEN ROMANE

Alle 117 großen Romane, einige seit Jahrzehnten endlich wieder lieferbar. Teilweise in neuen oder vollständig revidierten Übersetzungen. Mit Nachworten von Friedrich Ani, John Banville, Julian Barnes, William Boyd, Axel Hacke, Daniel Kehlmann, Martin Mosebach, Joyce Carol Oates und vielen anderen.
Eine Kooperation der Verlage Kampa und Hoffmann und Campe.

AUSSERDEM

Zum ersten Mal alle Erzählungen, viele davon als deutsche Erstveröffentlichungen. Sämtliche literaturkritische Essays und Reportagen in Neuübersetzungen. Die autobiographischen Schriften. Ein Band mit ausgewählten Briefen, zwei Gesprächsbände und vieles mehr.

»Manche fragen mich:
Was soll ich von Simenon lesen? –
Ich antworte: Alles!«
André Gide

DIE MAIGRET-ROMANE
IM HERBST 2018

Maigrets Pfeife
Erzählung. Deutsch von Karl-Heinz Ott. Neuübersetzung. Mit einem Nachwort von Karl-Heinz Ott und einer Reminiszenz von Peter Ustinov

Maigret und die junge Tote
Deutsch von Rainer Moritz. Neuübersetzung

Weihnachten bei den Maigrets
Erzählung. Deutsch von Hansjürgen Wille, Barbara Klau und Bahar Avcilar. Grundlegend überarbeitete Übersetzung. Mit einem Nachwort von Dror Mishani

Maigret stellt eine Falle
Deutsch von Hansjürgen Wille, Barbara Klau und Meike Stegkemper. Grundlegend überarbeitete Übersetzung

Maigrets Jugendfreund
Deutsch von Hansjürgen Wille, Barbara Klau und Cornelia Künne. Grundlegend überarbeitete Übersetzung

Mein Freund Maigret
Deutsch von Hansjürgen Wille, Barbara Klau und Bärbel Brands. Grundlegend überarbeitete Übersetzung

Maigret und sein Toter
Deutsch von Hansjürgen Wille, Barbara Klau und Sophia Marzolff. Grundlegend überarbeitete Übersetzung. Mit einem Nachwort von Gert Heidenreich

Maigret im Haus des Richters
Deutsch von Thomas Bodmer. Neuübersetzung

Maigrets Nacht an der Kreuzung
Deutsch von Hansjürgen Wille, Barbara Klau und Bärbel Brands. Grundlegend überarbeitete Übersetzung

Maigret zögert
Deutsch von Hansjürgen Wille, Barbara Klau und Astrid Roth. Grundlegend überarbeitete Übersetzung

Maigret bei den Flamen
Deutsch von Hansjürgen Wille, Barbara Klau und Bärbel Brands. Grundlegend überarbeitete Übersetzung

Maigrets Memoiren
Deutsch von Hansjürgen Wille, Barbara Klau und Bärbel Brands. Grundlegend überarbeitete Übersetzung

KOMMISSAR G7 ERMITTELT
ZUM ERSTEN MAL AUF DEUTSCH

Georges Simenon
Das Rätsel der Maria Galanda
Vier Fälle für Kommissar G7

Erzählungen
Deutsch von Kristian Wachinger
Deutsche Erstausgabe

Bevor Simenon seinen Kommissar Maigret zum Leben erweckte, tastete er sich über eine ganze Reihe von Polizeiinspektoren an den Pfeife rauchenden Kommissar heran. Einer von ihnen: Kommissar G7, dessen hervorstechendes Merkmal seine roten Haare sind. Ihnen verdankt er auch seinen Spitznamen: Seinerzeit erkannte man die Pariser Taxis der Marke G7 an ihren roten Dächern. Der Kommissar selbst fährt einen winzigen, nicht ganz regenfesten Citroën 5 cv. G7 ist schüchtern und wohlerzogen; wenn es mit den Ermittlungen nicht vorangeht, kann er aber auch ruppig werden. In *Das Rätsel der Maria Galanda* zeigt er seine weiche Seite: Als er sich in die Verdächtige verliebt, quittiert er den Polizeidienst und macht sich als Detektiv selbstständig. Von wem wir das alles wissen? Von einem gewissen Georges Sim, einem jungen Schriftsteller, der den Kommissar begleitet, um etwas über die Polizeiarbeit zu lernen.

Diese frühen, erstmals auf Deutsch vorliegenden Erzählungen Simenons sind viel mehr als nur Fingerübungen. Die typische Maigret-Atmosphäre ist bereits spürbar. Und mit Paris, der Insel Porquerolles, den Häfen der Normandie und den verschlafenen Dörfern der Provinz ist G7 schon an den Orten unterwegs, an denen später Maigret ermittelt.

DIE GROSSEN ROMANE

Georges Simenon
Der Schnee war schmutzig

Deutsch von Kristian Wachinger
Neuübersetzung
Mit einem Nachwort von Daniel Kehlmann

Ein namenloses Land, von fremden Truppen besetzt. Der Winter will kein Ende nehmen. Frank Friedmaier wächst als Sohn einer Prostituierten in einem Bordell auf. Der 18-Jährige ist ein Kind seiner Zeit, die geprägt ist von Täuschung und Verrat. Frank hungert nach Erfahrungen, doch nichts vermag ihn zu befriedigen. Aus reiner Langeweile wird er zum Mörder und verschachert das Mädchen, das ihn liebt. Als er begreift, was er getan hat, ist es zu spät.

Meisterlich entwirft Simenon eine Welt, in der die Regeln des menschlichen Miteinanders außer Kraft gesetzt sind, und deutet zugleich vor diesem düster-unheilvollen Hintergrund eine Liebesgeschichte an, die so surreal wie überzeugend ist.

»Wenn ich aus meinem ganzen Werk nur einen einzigen Satz aufbewahren dürfte, dann wäre es ein Satz aus *Der Schnee war schmutzig*.«
Georges Simenon

»So noir, dass Raymond Chandler dagegen beige wirkt … Simenon sollte in einem Atemzug mit Camus, Beckett und Kafka genannt werden.«
The Independent, London

DIE GROSSEN ROMANE

Georges Simenon
Chez Krull

Deutsch von Thomas Bodmer
Neuübersetzung
Mit einem Nachwort von Julian Barnes

Die Krulls sind deutsche Einwanderer. Ihr Laden am äußersten Rand einer kleinen Ortschaft in Nordfrankreich zieht vor allem Kanalschiffer an. Trotz ihrer Bemühungen, sich zu integrieren, bleiben die Krulls die Fremden. Als Cousin Hans anreist, spitzt sich die Lage zu. Hans ist unangepasst, unbekümmert, unverfroren. Er zieht den Hass der Gemeinschaft auf sich, und die Krulls geraten immer weiter ins Abseits. Als die Leiche einer jungen Frau gefunden wird, fällt der Verdacht sogleich auf die deutsche Familie. Vor ihrem Haus beginnt sich der Mob zusammenzurotten ...

In diesem noch vor den Novemberpogromen des Jahres 1938 verfassten, nahezu prophetischen Roman erzählt Simenon von den Auswüchsen grassierender Fremdenfeindlichkeit am Vorabend des Zweiten Weltkriegs.

Vormals unter dem Titel *Der fremde Vetter* erschienen.

»Die Welt der Krulls kann überall sein.«
Julian Barnes

»Beachtlich, wie hier die Mechanismen von Ausgrenzung gezeigt werden.«
Berliner Morgenpost

DIE GROSSEN ROMANE

Georges Simenon
Das blaue Zimmer

Deutsch von Hansjürgen Wille,
Barbara Klau und Mirjam Madlung
Grundlegend überarbeitete Übersetzung
Mit einem Nachwort von John Banville

Im blauen Zimmer gibt es keine Regeln, die Leidenschaft kennt keine Grenzen. Seit einem Jahr treffen Tony und Andrée sich im Hôtel des Voyageurs in der Nähe von Poitiers. Sie sind verheiratet, aber nicht miteinander.

Und bald schon verwandelt sich die Affäre in einen Albtraum, aus dem es kein Entrinnen gibt. Eines Tages – wieder sind sie in ihrem blauen Zimmer, eben haben sie sich geliebt – stellt Andrée die alles entscheidende Frage: »Sag, Tony, wenn ich frei wäre … Würdest du dich auch befreien?« Tony misst ihren Worten keine Bedeutung zu. Erst später wird er verstehen, zu spät.

Ein ungemein eindringlicher Roman, der fast schmerzhaft unter die Haut geht.

»Hart an der Schmerzgrenze und von
allem überflüssigen Ballast befreit.
Ein Triumph des realistischen Erzählens.«
John Banville

»Zwei Morde, ein Skandal in der Provinz
und ein furchtbarer Sieg – ein Roman von
erschütternder Kraft.«
San Francisco Chronicle

DIE GROSSEN ROMANE

Georges Simenon
Die Witwe Couderc

Deutsch von Hanns Grössel
Mit einem Nachwort von Paul Theroux

Fünf Jahre lang hat Jean im Gefängnis gesessen. Nun steht er auf der Straße und weiß nicht wohin. Bis Tati Couderc sich seiner annimmt. Sie lässt ihn nicht nur in ihr Haus, sondern auch in ihr Bett. Jean, der 28-jährige Sohn aus gutem Hause, der zum Mörder geworden ist, und Tati Couderc, die verwitwete Bäuerin von 45 Jahren, werden ein Paar, ein ungleiches Paar – aber es geht ihnen gut miteinander. Und so könnte es ewig bleiben, wären da nicht die anderen: Tatis Familie, die ihr nichts gönnt, weder das Dach über dem Kopf noch den jungen Mann an ihrer Seite, und die schöne Félicie, blutjung, schamlos und gierig. Und so zieht das Misstrauen ein in diese Beziehung, die so still und schön begann, und es kommt zur unausweichlichen Tragödie.

»Ich habe *Die Witwe Couderc* gleichzeitig
verschlungen und genossen.«
André Gide

MANCHE
Pas-de-
Seine-In
Manche
Calvados
Eure
Côtes
-du-Nord
Finistère
Ille
-et-
Vilaine
Orne
Mayenne
Morbihan
Sarthe
Eure-et
Loire-Inf.re
Maine
-et-
Loire
Indre
-et-
Loire
OCÉAN
Vendée
Deux-
Sèvres
Vienne
Charente-
-Maritime
Charente
Hte Vienne
Dordogne
ATLANTIQUE
Gironde
Lot
Lot-et-Garonne
Tarn
-et-
Garonne
Landes
Gers
Bses Pyrénées
Hte Garonne
Htes Pyrénées
Ariège
ESPAGNE